La coupe du monde n'aura pas lieu

Castor Poche
Collection animée par
François Faucher, Hélène Wadowski,
Joseph Jacquet et Martine Lang

Une production de l'Atelier du Père Castor

DANIEL PICOULY

LA COUPE DU MONDE N'AURA PAS LIEU

Illustrations de
Marcelino Truong

Castor Poche Flammarion

Daniel Picouly

L'auteur : « Je suis né à Villemonble dans la banlieue parisienne en 1948, c'est du moins ce que prétend ma carte d'identité. En vérité, je suis arrivé en haut d'un cerisier, dans une famille assez nombreuse pour former, à elle toute seule, une équipe de football. Moi, j'étais le numéro 11. Grimpé dans mon cerisier, j'ai commencé à raconter des histoires à mes deux petites sœurs, en attendant de devenir champion du monde de boxe ou de foot. Bien plus tard, tout en faisant le professeur, j'ai écrit des romans policiers pour les grands. C'est dans un de ces romans que j'ai rencontré Hondo; un étrange petit garçon perdu, couleur café au lait. Depuis je ne peux plus le quitter. Alors je raconte ses aventures avec ses trois amis, dans le XIXe arrondissement de Paris. Parfois, quand je me promène dans le quartier, je croise Hondo qui rêve.»

Du même auteur, en Castor Poche :

Cauchemar pirate, n°538 ;

Le lutteur de sumo, n°582.

Marcelino Truong

L'illustrateur est né en 1957 à Manille (capitale des Philippines), d'un père viêtnamien et d'une mère française. Il passe une enfance voyageuse au Viêt-nam, aux Etats-Unis et en Angleterre. Après Sciences-po, l'agrégation d'anglais et d'innombrables petits métiers, à vingt-cinq ans, il choisit la vie d'artiste. Il a appris le métier d'illustrateur sur le tas en multipliant les collaborations dans la presse, l'édition et la publicité. Marcelino Truong a illustré de nombreux livres pour la jeunesse chez différents éditeurs, ainsi qu'une bande dessinée sur le Viêt-nam des années vingt. Il se consacre aussi à la peinture avec un thème de prédilection, le Viêt-nam, où il se rend régulièrement. Il vit à Paris, avec sa femme et ses deux filles, qui montrent déjà d'évidentes dispositions pour le dessin.

Avant de commencer la lecture de cette aventure, vous devez vous engager à ne pas en révéler la fin à quiconque.

Promis ?

Alors, vous pouvez tourner la page.

1. Faussette a disparu

Au secours !

Le cri vint se planter dans l'oreille de Hondo. En plein dans la lucarne ! Pourtant, pour arriver là, ce cri avait dû sortir de la bouche de quelqu'un. Forcément. Faire vibrer la luette au passage dans la gorge, se cogner au palais, rebondir sur la langue, se glisser entre les dents, être projeté dans l'air frais du soir... Hum ! fait frisquet, ici !... Ricocher contre la surface de l'eau du canal, sauter sur la berge du quai, traverser la rue... Attention au taxi qui déboule !... Rebondir sur le mur de la grande tour blanche, contourner le tronc du platane et piquer droit dans l'oreille de Hondo tranquillement assis sur un banc à rêver.

Et tout ça, en 1/1 000 000 000ème de seconde. Et encore, Hondo se demandait s'il n'avait pas oublié des zéros.

Au secours !

Hondo connaissait cette voix. Sa mémoire en forme de tourniquet à cartes postales fit défiler dans sa tête tous les visages correspondant à toutes les voix qu'il connaissait... Non ! pas celle-là.... ni celle-là... Et tout ça en... Arrête ! ce n'est pas le moment de calculer. En ce moment, Hondo calculait tout en 1/000 000ème de seconde. Ça faisait grandir moins vite. Mais ce n'était pas la peine de faire défiler. Cette voix, il la reconnaîtrait au milieu de mille, au milieu d'une foule, au milieu d'un stade de football, au milieu de la mer, même !

Cette voix, c'était celle de Faussette !

Faussette : son amie, sa copine, la fille de la gardienne de la Tour Blanche, avec des taches de rousseur. Non ! ce n'est pas la tour qui a des taches de rousseur... C'est Faussette. Du calme, Hondo tu parles trop vite dans ta tête. Tout se mélange. C'est à cause de ton cœur qui bat trop vite. Respire ! Respire !... Fais le yoga, comme ton père t'a montré.

C'est vrai, ça en sait des choses, un père policier. Commissaire. Commissaire de nuit. Là où on voit le plus de choses qui font battre le cœur très vite.... Inspire par le nez, déroule avec ton ventre... Attention, pas la poitrine!... Fais monter, bloque, compte trois et souffle lentement par la bouche... Facile à dire, mais son cœur ne voulait pas écouter, ce soir. Est-ce qu'on peut mettre son cœur au piquet quand il n'obéit pas?

Il faut dire qu'Hondo le comprenait quand il regardait le carnet à dessins déchiré et les crayons de pastel éparpillés en mikado au bord du canal. Il en était sûr : Faussette avait disparu. Jamais elle n'aurait laissé ses affaires abandonnées comme ça. Faussette était trop ordonnée.

La nuit devint tout à coup plus noire.

L'eau du canal luisait comme du réglisse et il y avait d'étranges ronds à la surface, comme si on avait jeté un caillou, deux cailloux.... ou une petite fille de sept ans avec des sandalettes rouges. Le cœur de Hondo n'aimait pas cette idée... Respire! Respire!... Hondo regarda autour de lui pour chercher de l'aide. Il allait falloir plonger dans le canal la tête la première, mais il ne se souvenait plus s'il savait nager. Et personne sur la berge avec palme, masque et tuba. Personne. Seulement la nuit. Il la connaissait bien cette nuit du 19e arrondissement. Inutile de lui demander de l'aide. Elle ne s'occupait pas des affaires des autres. Elle dormait tranquille au bord du canal de l'Ourcq, juste au pied de la grande tour blanche de vingt étages près du pont de Crimée… Le pont de Crimée, mesdames, messieurs ! Le dernier pont tournant de Paris… Tais-toi Hondo, tu n'es pas là pour faire la visite. Tu ferais mieux d'aller chercher des secours. Mais où ? Les pompiers, pardi !

Sa tête bondit, son cœur bondit, ses jambes bondirent. Heureusement, tous dans la même direction. Vers la place de Bitche, l'église Saint-Jacques-Saint-Christophe, la place de Joinville et la caserne ! La caserne de pompiers. Celle qui est collée à l'église comme pour la protéger. Dans la caserne, ils ont tout ce qu'il faut pour sauver : des camions, des échelles, une barre fixe pour se faire les muscles et des canots de sauvetage en caoutchouc pour les exercices sur le canal, même quand il est gelé. Un peu comme des Lapons qui pêchent sur la banquise. Sauf que les pompiers ramènent toujours à la surface le même mannequin sans jambe avec un maillot rayé qu'ils appellent Arthur.

— Qu'est-ce que tu dis, mon garçon ? Une petite fille, juste là ; il y a deux minutes ?

1 min 43 exactement, mais Hondo n'avait pas le temps de rectifier. Les pompiers avaient déjà disparu. Hondo était un peu déçu. Pas de sirène, pas de descente par le grand mât, ni de portières qui claquent. Juste un homme-grenouille en combinaison qui court sur la berge avec des palmes qui font floc ! floc !

— Tu es sûr que c'était là, mon garçon ?

C'est ce que le moustachu lui demandait à chaque fois que l'homme-grenouille remontait et faisait un signe avec son pouce tourné vers le bas pour dire : « Y a rien là dessous. J'y retourne. » Hondo n'avait jamais remarqué que les hommes-grenouilles ressemblaient aux empereurs romains. Sauf que cette fois, c'est lui, Hondo qui allait être mangé par le lion moustachu déguisé en pompier.

— Tu es bien sûr mon garçon ? Tu sais ce que ça coûte de nous faire déranger pour rien ?

Pour rien ! Faussette ! Et lui, il savait ce que ça coûte de parler comme ça de son amie, sa copine, la fille de la concierge de la Tour Blanche qui a des taches de rousseur ? Il ne les avait quand même pas inventés, ces ronds

3,4m

3,4m
truong

dans l'eau, ce carnet déchiré et ces pastels. Tiens, où ils sont, les pastels ? En plus, le moustachu marchait dessus avec ses grosses bottes bien cirées.

— J'espère, mon garçon, que ce n'est pas un canular, sinon, ça va chauffer pour ton matricule !

Canular et matricule, ça faisait au moins deux nouveaux mots de gagnés. Plus un dérailleur rouillé, un porte-bagages, une pierre en forme de pyramide et un guidon de course. C'est ce que l'homme-grenouille avait remonté du fond du canal. Il devait se dire : si je ne retrouve pas la petite fille, ce sera toujours ça de pris.

— Bon ! ça suffit, la plaisanterie. On arrête.

Hondo se demanda avec quoi le moustachu allait lui faire chauffer le matricule et le canular. À voir ses yeux, ça allait drôlement cuire. Le moustachu ouvrit une bouche comme un four à pain. Hondo allait être grillé comme… Il n'eut pas le temps de savoir comme quoi. De la bouche énorme du moustachu sortit un bruit de sirène parfaitement imité. Il devait falloir savoir faire ça pour être chef pompier : imiter la sirène. Et le moustachu le faisait très bien. Si bien que tous les pompiers couraient vers la caserne. Et lui aussi. Normal. C'était une vraie alerte!

Sauvé! Hondo venait d'être sauvé par un feu de cheminée, une cave inondée, un accident de voiture, ou un chat dans un arbre, quelque part. Merci, le chat! Même les curieux s'en allèrent. Ils avaient l'air déçus. Ça les aurait amusés, eux, de voir une petite fille noyée sortir de l'eau toute blanche, le bouche-à-bouche, le masque, les tuyaux, la bonbonne d'oxygène et tout le saint-frusquin?

Dès qu'il fut seul, Hondo alla fouiller dans les détritus que l'homme-grenouille avait sortis du canal. Il pourrait peut-être se remonter un vélo... Je t'ai déjà demandé de ne pas ramener ici tout ce que tu trouves dans les poubelles!... C'était difficile d'expliquer à son père qu'il ne rapportait pas tout. Et encore plus difficile de lui expliquer pourquoi il aimait tant fouiller dans les poubelles. Et impossible de dire pourquoi il allait là, au lieu de chercher Faussette. Elle n'était peut-être pas tombée dans le canal, mais elle avait bel et bien disparu... « Bel et bien » ça allait parfaitement à Faussette. Mais c'était plus fort que lui. Il fallait qu'il fouille. On trouve tellement de choses extraordinaires dans les poubelles... Par exemple, sa lance de guerrier Yuruba ! Comment le saint des poubelles pouvait savoir que lui, Hondo, était un guerrier Yuruba, qu'il allait passer là et qu'il rêvait d'une lance exactement comme celle-là avec un fer en harpon et deux plumes de perdrix au bout ? Hondo se dit que Saint- Frusquin devait être le saint protecteur des poubelles et bennes vertes.

Et le saint des canaux, c'était qui ? Il n'était pas mal non plus, pour lui faire faire une trouvaille pareille. Au milieu du dérailleur, de la selle et du porte-bagages, Hondo fixait la pierre étrange. C'était une sorte de galet poli, creusé d'un ovale parfait. Sous les doigts, on sentait des cannelures régulières. Hondo examina la pierre à la lumière d'un réverbère. Étrange, l'ovale paraissait avoir été coloré. Il restait des traces de vert au fond. De l'ocre et du bleu tout autour aussi. Hondo gratta avec son ongle. La teinture ne tenait pas sur les doigts. Comment avait-elle pu résister sous l'eau ? On aurait dit... On aurait dit... Hondo revit soudain les bottes bien cirées du moustachu qui écrabouillait les pastels de Faussette. Ça avait laissé le même genre de traces sur le bout de sa semelle. Hondo courut à la berge et ramassa le carnet déchiré et les restes de pastels. Il essaya de reconstituer la scène dans sa tête... Faussette est assise là, elle dessine... Et la pierre ?... Attends, m'embrouille pas !... Dans sa tête, il y avait toujours quelqu'un de plus pressé que lui... Ça y est ! Je suis perdu maintenant. Il faut que je réfléchisse à tout ça à tête reposée. « Tête reposée », encore une expression pas claire. Comme si on pouvait reposer sa tête quelque part dans un endroit calme pendant que le reste est énervé ailleurs. Pour les expressions, on verra plus tard. Pour l'instant, première chose à faire : prévenir la mère de Faussette que sa fille a disparu.

2. Le géant

Madame, votre fille a disparu !

Non ! on ne peut pas dire ça comme ça à une maman. Elle va s'évanouir. Même si la maman de Faussette ne ressemble pas à une dame qui va tomber dans les pommes. Elle court toujours avec son plumeau, son pistolet à vitre, son gros trousseau de clefs, ses gants en caoutchouc et son bandeau à fleurs dans les cheveux.

Madame, Faussette est tombée dans le canal.

Ça ne va pas ! Tu es fou ! Tu veux la tuer. Hondo se demanda comment annoncer la disparition de Faussette sans l'annoncer vraiment. Il traversa le quai de la Marne pour aller à la Tour Blanche... Tu n'as qu'à dire : «Bonjour, madame, je viens voir Faussette!»... Mais non, ça paraîtrait louche. Il ne vient jamais chercher Faussette, comme ça, à la loge. D'ailleurs, on ne vient pas chercher Faussette. Elle vient. Quand elle veut, sans prévenir. Elle apparaît. Elle disparaît. À l'improviste. On le sait uniquement grâce à l'odeur de mandarine. On dirait qu'elle ne mange que ça. Tout le temps. Faussette, c'est une apparition qui sent la mandarine.

Tiens, la porte de la loge est fermée. C'est bizarre à cette heure-là.

Tiens, tiens, la porte de la loge est fermée, et il n'y a pas la petite pancarte avec écrit aux pastels par Faussette : «Devinez où est ma maman?...» Même que monsieur Mallart, celui qui coince toujours l'ascenseur au dizième avait rouspété, un jour :

— On doit utiliser le panonceau réglementaire : La concierge est dans l'escalier.

— Mais puisque j'y suis pas toujours dans l'escalier! Je peux être à la chaufferie, à la cave, au local à poubelles...

— Tant pis, c'est le règlement. Sinon, c'est l'anarchie!

Alors la maman de Faussette avait accroché le panneau et passait ses journées dans l'escalier… Et mes clefs pour le monsieur du gaz… Et mon recommandé!… Et qui surveille ma poussette… Et mon chien… Ce n'était plus l'anarchie, c'était la révolution. Tout le monde était furieux. On changea le règlement de l'immeuble. Les pastels étaient autorisés. En représailles, monsieur Mallard avait coincé l'ascenseur une semaine jour et nuit.

Hondo essaya de regarder par l'hygiaphone de la loge. Il faisait trop noir à l'intérieur. Il frappa à la porte… «Il y a quelqu'un?»… La porte s'ouvrit doucement avec un grincement de château hanté, exprès pour lui faire peur. C'était réussi… Allez! Tu n'es pas un trouillard… Hondo avançait dans l'obscurité en rêvant de grimper l'escalier huit à huit jusqu'au vingtième étage… Jolie vue, d'ici… Mais on n'y voyait goutte dans la loge. Le petit œil vert du tableau électrique qui clignotait avec l'air de dire : Approche!… Approche!… Le traître lui tendait un piège. Dès qu'il passait au rouge, Hondo se carapatait à toute vimure… Mais où il allait pêcher ces expressions! Ce n'était pas le moment de parler de vocabulaire. On ferait mieux de lui allumer la lumière… Tiens, ça rime!… Mais où je suis maintenant? Non, là, c'est un placard. Là, ce devrait être le couloir pour aller à la chambre de Faussette. Justement, il y avait un rai de lumière sous sa porte. Quel idiot je suis ! Elle était là, tout simplement. Au lieu d'aller chercher les pompiers, de faire tous ces mystères et d'avoir la trouille dans le noir, tu aurais dû commencer par vérifier si elle n'était pas tout simplement là, sur son lit à dessiner avec de nouveaux pastels sur un nouveau carnet. Il avait même failli appeler à l'aide Jo et Édito, ses amis du club des Ruines. Mon pauvre Hondo, tu n'es pas prêt de suivre les traces de commissaire de ton père. Mieux vaut ne pas lui raconter cette histoire. Il mourrait de honte. Allez, fais comme si de rien n'était, ouvre la porte et dis : « Bonjour, Faussette, je passais par là, alors je me suis dit... »

Hondo ouvre la porte.

— Bonjour, Faussette, je...

Le reste n'est pas passé. Mais pas passé du tout. C'est vrai que Faussette l'avait toujours un peu intimidé, même si elle était une fille, et plus petite que lui. Mais là, une Faussette de 1 m 90 avec un casque noir intégral, une combinaison de cuir noir, des bottes du 46 au moins et des gants de dresseur de chiens, il y a de quoi s'en coincer la phrase dans le gosier. Le géant en cuir noir fouillait la chambre comme si ce n'était pas lui qui aurait à ranger. Hé, attention à sa collection de boules de neige en verre!

Soudain le géant se retourna et fixa Hondo derrière sa visière. On aurait dit un gros insecte enfantivore. Cette fois, c'est ma dernière heure, ma dernière minute, ma dernière seconde. Il faut que je pense aux trois choses que j'aime le plus : mon duffle-coat, la crème brûlée à l'orange et mon père. Il faut aussi que je prononce une belle phrase qu'on lira plus tard dans les livres d'histoire... J'y suis, j'y reste!... Ça a déjà été trouvé... Je suis ici par la volonté du peuple... Non, c'est trop long... Ce n'est pas facile d'être original quand un géant en cuir noir s'avance vers vous. C'est sûr, une gigantesque langue gluante et empoisonnée va sortir de son casque et te dissoudre comme une vulgaire aspirine effervescente. Vite, trouve une phrase. Sinon, c'est tintin pour la postérité... Mais pourquoi Tintin et pas un autre personnage?... Arrête de réfléchir, trouve une phrase!

— C'est quoi comme marque votre moto?

— Hein?

Ce fut plutôt une espèce de grognement

derrière la visière du casque. Mais Hondo avait traduit l'idée.

— C'est quoi comme marque votre moto?

La question avait arrêté net la grosse mouche en cuir. Hondo avait rêvé d'autre chose comme dernières paroles. Mais c'est ce qui était sorti. Et ça marchait. Le géant restait les bras ballants comme si ses batteries de cyber-mouche intergalactique étaient à plat. Dehors il y eut deux coups de klaxon. Hop! le géant venait de recharger ses accus en une fraction de seconde. Hop! hop! sans hésiter, il sauta par la fenêtre de la chambre. Incroyable, un immeuble de vingt étages. Ça n'allait pas être bien beau à regarder en bas. Heureusement, Faussette habitait au rez-de-chaussée…

Hondo entendit le moteur d'une grosse moto. Il se précipita. Trop tard, il ne vit que le feu arrière qui se faufilait sur le quai en direction du pont de Crimée.

Hondo regarda la chambre de Faussette. Même la sienne n'avait jamais été dans cet état. Qu'est-ce que le géant pouvait chercher ici? Hondo ne savait pas. Mais une chose était maintenant certaine : Faussette avait disparu. Peut-être même été enlevée. Il fallait absolument convoquer une session extraordinaire du club des Ruines. Tout de suite.

Hondo se laissa glisser par la fenêtre de la chambre de Faussette. Valait mieux éviter de repartir par la loge. Il pouvait tomber sur quelqu'un de la tour. Difficile d'expliquer ce qu'il faisait là à cette heure. Il faisait nuit, mais Hondo vit bien l'espèce de rectangle blanc par terre. Il se pencha. C'était une enveloppe timbrée. Il ne put lire le nom et l'adresse écrits dessus. Hondo l'empocha. C'était peut-être le géant qui l'avait perdue en sautant par la fenêtre. Ça devenait de plus en plus urgent de réunir le club des Ruines.

truong

3. Le club des Ruines

Hondo fit basculer un panneau de la palissade qui entoure le terrain vague au bord du canal. Il se glissa derrière. Comme d'habitude, il se planta au milieu du grand espace vide et fit le salut du guerrier Yuruba. Les pieds joints, les bras levés vers le ciel, il pivota lentement sur lui-même en saluant toutes les lumières du quartier qui l'entouraient. D'abord le salut aux réverbères, aux fenêtres et à la lune. Puis, en tournant dans l'autre sens, il donna son salut aux ombres. Le salut aux clochers de l'église, aux arêtes des immeubles et aux contours des arbres.

Maintenant, il pouvait préparer la séance du club des Ruines. Ce qui se passait pour

Faussette était très grave. Un enlèvement. Peut-être une rançon. Où est-ce qu'il trouverait tous ces millions de dollars ? Toutes les rançons sont en dollars, maintenant. Hondo s'assit en tailleur devant la grosse pierre plate. Il y posa trois bougies de tailles différentes et alluma la plus haute devant lui. Il ne restait plus qu'à attendre ses amis.

Édito arriva le premier, son carnet de notes à spirale à la main et son gilet de reporter à mille poches sur le dos. Comment faisait-il pour remplir toutes ces poches avec toutes ces choses inutiles ?

— Tu sais Hondo, que ce sera le plus grand événement interplanétaire ? J'étais en train de préparer un exposé dessus quand j'ai vu la bougie d'appel.

Édito était toujours en train de finir ou commencer un exposé... « Ça m'entraîne pour quand je serai journaliste. Tu sais, dans ce métier, on est souvent charrette... » Hondo ne lui avait jamais demandé ce que ça voulait dire « être charrette ». C'était déjà assez difficile de se souvenir que « chariot » prenait un seul « r » et « charrette » deux.

— La France n'a jamais connu un événement aussi important depuis les jeux Olympiques de Grenoble en 1968.

Son père, aussi lui parlait parfois de 68, mais c'était pour d'autres sortes de jeux. Hondo n'avait jamais très bien compris de quoi il s'agissait.

— Tu sais, Hondo, il y aura plus de trois milliards de téléspectateurs, de cent trente et un pays différents. Tu te rends compte ?

Hondo se rendait surtout compte que ses copains ne parlaient plus que de ça : la Coupe du monde de football en France. Le Mondial 98, comme ils disaient. Même Faussette dessinait maintenant des petits bonshommes qui tapent dans un ballon pastel.

— Trente-deux pays qualifiés ! C'est la première fois. Et dans dix villes de France !

Hondo savait tout de cette coupe du monde, rien qu'en écoutant Édito et Jo en parler. Tiens, Jo n'était toujours pas arrivé. On avait l'habitude. Jo se perdait toujours en chemin. Jo était capable de se perdre n'importe où, n'importe comment et à n'importe quel moment. Tout de même, ça faisait déjà longtemps qu'Édito avait allumé sa bougie. Jo apparut, son grand atlas sous le bras et un ballon de foot en équilibre sur la tête.

— Les gars, vous ne me croirez pas, quand je vous dirai comment je me suis perdu.

Si on allait le croire ! C'était tellement incroyable à chaque fois.

— Je me suis perdu en plein dribble.

Je vous l'avais dit.

— J'étais en train de m'entraîner à refaire le dribble de Garrincha…

… Le meilleur dribbleur de tous les temps… C'est ce que Jo répétait à chaque fois. Édito pensait que c'était Gento ou Magnusson. Des discussions à n'en plus finir.

— Je feinte vers l'extérieur. Mon adversaire est dans le vent. Pourtant, c'était Facchetti le meilleur arrière gauche du monde dans les années soixante. Il part, je repique sur l'intérieur. Pfft ! Je l'efface comme une fleur. Je jette un œil derrière : plus personne. Pas de Facchetti. Il s'était effacé pour de bon. Je me regarde : rien ! Même moi, je m'étais effacé. Vous vous rendez compte, je me suis perdu. Comme ça : pfft !

Jo raconta son histoire sans s'arrêter de jongler avec son ballon.

— Vous vous rendez compte, j'étais dans le salon-salle à manger ou j'avais reconstitué la défense en catenaccio de l'équipe d'Italie avec des chaises et le canapé.

Hondo et Édito essayaient d'imaginer la

tête de la mère de Jo quand elle allait rentrer de son travail à l'hôpital.

— Vous vous rendez compte, les gars : se perdre pendant un dribble… Et en plus, je crois que j'ai perdu une chaise Louis XV.

Jo arrêta de jongler avec son ballon et alluma sa bougie. En plus, c'était à lui d'ouvrir la séance. Il prononça les paroles rituelles :

— Je déclare la soixante-septième séance du club des Ruines ouvertes. Y a-t-il dans l'assistance quelqu'un qui demande à parler ?

Jo et Édito avaient envie de poser la même question. Tous les deux avaient l'impression qu'il manquait quelqu'un à cette séance du club. Quelqu'un qu'on ne voit pas, mais qui sent la mandarine. Quelqu'un qui dessine avec des pastels pendant leur réunion. Bref, il manquait Faussette, et Faussette leur manquait. Mais le règlement du club ne leur permettait pas de poser cette question… Art. 3 : La première requête sera le fait de l'initiateur de la séance… Ils avaient beaucoup peiné à rédiger ce règlement, alors, il fallait le respecter. Hondo leva la main. Jo lui donna la parole.

— Faussette a disparu.

Au moins, c'était net, clair et concis.

— Comment ça, « disparu » ? Tu veux dire « disparu » ou seulement… « disparu » ?

Édito n'avait pas intérêt à écrire une phrase de ce genre dans un article, ou sinon son rédacteur en chef le mettrait illico dans la première charrette.

— Je vous dis qu'elle a disparu, du verbe disparaître. Je crois même qu'elle a été enlevée.

— Enlevée ! tu veux dire…

Jo n'allait pas s'y mettre aussi. Qu'est-ce qu'ils avaient tous les deux, ce soir ? Personne ne voulait admettre qu'il était arrivé quelque chose à Faussette. Hondo raconta ce qui s'était passé au bord du canal.

— Tu crois qu'ils vont le vider pour vérifier si Faussette n'est pas dedans ?

— Moi, je voudrais bien. Une fois, j'ai perdu dedans une paire de lunettes avec des montures bleues. Mes préférées.

Hondo lança son regard le plus noir à Édito et Jo puis disposa sur la grosse pierre plate les morceaux de pastels, le carnet déchiré et le galet creusé d'un ovale. Édito se mit à reconstituer les pages du carnet comme un puzzle.

— C'est bizarre, on dirait un devoir de géométrie en couleur.

C'était vrai, on pouvait reconnaître des rectangles, des ovales, et des sortes de rosaces. Jo, lui, soupesait le galet creusé.

— Elle est drôlement lourde, cette pierre. Mais le plus étonnant, c'est ce qui est gravé à l'intérieur.

Les trois se penchèrent sur le galet. On aurait dit trois rois mages miniatures autour d'une crèche sans petit Jésus. Lui aussi avait disparu.

— On dirait un œil. Un œil carré.

— Moi, je vois plutôt un soleil avec un trou au milieu.

— Ça ressemble plutôt à une toile d'araignée avec une mouche prisonnière dedans.

— Et une soucoupe volante ?

— Pourquoi pas un ovni !

— Ou alors.

On évoqua encore une dizaine de possibilités. Bref, personne ne savait et la première bougie s'était déjà éteinte.

— Peut-être que la pierre et les feuilles de Faussette ne vont pas ensemble.

— C'est vrai, Hondo. Jo a raison, c'est toi qui nous as dit que, les dessins, tu les avais trouvés au bord du canal et que, la pierre, c'était les pompiers qui l'avaient sortie de l'eau. Alors, pourquoi ce serait à Faussette, ce caillou ?

Comment expliquer à ses copains qu'il le sentait. Du verbe « sentir ». Mais pas le verbe avec le nez, pour la petite pointe d'orange dans la crème brûlée. Non, le « sentir » avec toute sa peau. Celui qui donne des frissons, celui qui pince le bout du cœur et qui fait un nœud coulant dans le ventre. Comment leur expliquer ?

— Et les traces de couleurs au fond ?

Édito et Jo se penchèrent encore plus près du galet. Cette fois, ils faisaient penser à des rois mages enquêteurs. Ils trempèrent même un doigt dans le fond du galet.

— Tu as raison, Hondo.

— C'est vrai que ça ressemble un peu à des pastels.

Au lieu de les rassurer, on aurait dit que cette constatation avait fait tomber une peur énorme sur leurs têtes. Comme s'ils venaient de comprendre quelque chose de terrible. Tout à coup, Hondo eut l'impression que Jo et Édito, eux aussi… « sentaient ».

— Et si Faussette s'était perdue au fond du canal ?

La question de Jo avait fait s'éteindre la deuxième bougie. La flamme de la troisième continuait à grésiller d'une petite lueur jaune, mais pourtant il faisait plus noir que la nuit. Plus noir que n'importe quelle couleur noire. Ma parole ! toutes les lumières des fenêtres du quartier avaient dû s'éteindre d'un coup.

— Mais puisque l'homme-grenouille ne l'a pas trouvée !

Hondo s'accrochait à ça comme à une perche.

— Parfois, on ne les retrouve pas et leur corps remonte plusieurs jours après. Je le lis souvent dans le journal. Tiens, par exemple…

— Pas Faussette ! C'est pas possible !

Hondo se mordit le dos de la main. Il venait d'enfreindre l'article 6 du règlement… On ne coupe pas la parole pendant un exemple… Même si Hondo trouvait le mot « enfreindre » très joli, ça ne se faisait pas pendant une séance du club des Ruines. On risquait l'exclusion temporaire, voire définitive.

— J'ai dit « par exemple », mais en fait, ce n'était pas un vrai exemple.

Hondo sourit à Édito. Ils échangèrent un clin d'œil. Il ne s'était rien passé. Les trois se remirent à inspecter les dessins au pastel et le galet creusé.

— Il y a des ressemblances, c'est sûr.

— Dans les dessins.

— Et même les couleurs !

Ils continuèrent à tourner, comparer, superposer, regarder par transparence, soupeser, sans vouloir s'avouer la vérité : ils séchaient. Ils séchaient comme une langue de chien en plein soleil. Ils séchaient comme un buvard. Ils séchaient. Un point c'est tout. Édito tenta une dernière chance.

— Vous allez peut-être rire, mais depuis tout à l'heure, je me dis que ça me fait penser à quelque chose, ce dessin. Je n'arrivais pas à voir à quoi. Maintenant, je sais.

— Alors, c'est quoi ?

— Allez, dis vite ! Fais pas ton mystérieux.

Édito aimait faire le mystérieux, mais là, il avait peur de dire une grosse bêtise.

— Vous allez vous moquer, mais...

— Alors ?

— Allez !

Édito se lança.

— Pour moi... les dessins de Faussette et le galet creusé, ça ressemble... Tant pis si vous vous moquez de moi. Je trouve que ça fait penser à... un terrain de foot.

Édito avait raison, ses deux copains rigolèrent.

— Toi, tu vois du foot partout.

— Depuis que tu te perds en dribblant.

— Mais il y en a partout ! Vous ne vous rendez pas compte de l'événement. Regardez les dessins.

Ils se penchèrent de nouveau, pas très convaincus. Oui, bien sûr... ça pouvait peut-être, un peu, vaguement, évoquer le tracé approximatif d'une sorte de terrain de jeu. De football, à la rigueur. Mais vraiment de très très loin.

— J'étais sûr que vous ne me croiriez pas. Pourtant, je vous assure. Et le galet ? Regardez bien le galet ! Il ne vous fait pas penser au Stade de France ?

Les deux autres replongèrent dans leur inspection. Édito fit tourner le galet dans sa main.

— C'est vrai, qu'il y a quelque chose. Je l'ai visité. C'est surtout la forme du toit.

— Quoi ! tu as visité le Stade de France et tu ne m'as rien dit !

Jo boudait.

— Tu avais disparu toute la journée. Comment tu voulais que je fasse ?

Jo déboudait. C'est vrai. C'était son record. Disparu une journée entière à la cafétéria du Casino de la rue de Flandre.

— C'est l'ancienne concierge de la tour de

Hondo qui m'a eu la visite. Maintenant elle travaille à Saint-Denis, dans l'immeuble marron juste à côté du stade.

Hondo se souvenait de madame Dora. Gentille, avec un chien pas commode. Au début, il l'avait regrettée, mais après, il y avait eu Faussette... Saint-Denis ! Édito avait dit Saint-Denis. Hondo revit alors l'enveloppe de la lettre qu'il avait trouvée. Le cachet sur le timbre. Il était presque certain que c'était Saint-Denis qui était écrit. Hondo eut une bouffée chaude. C'est sûr, Édito a raison, tout ça se rejoint : les dessins de Faussette, le galet creusé, le géant de cuir et... la lettre. Il fallait absolument qu'il l'ouvre. Mais que venait faire le Stade de France dans cette histoire ? Hondo, Édito et Jo se regardèrent en silence. On lisait la même chose dans leurs yeux.

Jo se leva, signe de déclaration importante. Ses deux copains craignaient ce qu'il allait dire. Hondo eut hâte que la troisième bougie s'éteigne. Cela mettrait fin à la séance du club. Ouf ! celle de ce soir était étrange et inquiétante. C'était sa faute. Il avait dû mal saluer quelqu'un de sa lance. Peut-être les arbres. Il ne savait toujours pas faire la différence entre un charme et un hêtre. Jo parla.

— Je me demande s'il ne faut pas appliquer l'article 13 du règlement.

L'article 13 ! Tout le monde se regarda, effaré. L'article 13 ! Jamais dans l'histoire du club, on ne l'avait appliqué. L'article 13 ! Le pire de tous les articles. On lui avait donné ce numéro exprès parce qu'il était le pire.

— Tu es certain, Jo ?

— Oui, Édito.

— Tu l'es vraiment, Jo ?

— Oui, Hondo... Je demande l'application de l'article 13.

Hondo regarda la flamme de la troisième bougie. Vite ! Vite ! Éteins-toi ! La flamme baignait déjà dans son jus mais résistait. L'article 13, ce n'était pas possible ! Qu'est-ce qu'il disait exactement, cet article ?

Art. 13 : En cas de délibération infructueuse, de danger manifeste et d'urgence extrême, un des membres pourra, après avoir manifesté et réitéré son intention, demander l'aide extérieure d'une personne adulte.

Pas de doute, Édito, Jo et Hondo étaient dans cette situation dangereuse et urgente. L'article 13 était aussi imparable qu'un tir dans la lucarne. Jo demanda qu'on vote. Hondo sentit le nœud coulant se resserrer dans son ventre.

— Qui est pour que…

Pfft ! La troisième bougie s'éteignit. Sauvé ! Édito prononça la formule de clôture de la séance. Ils quittèrent le terrain vague soulagés et se séparèrent sur le trottoir. Hondo pensa de nouveau à cette lettre qu'il avait ramassée au pied de la fenêtre de Faussette, quand le motard géant tout en cuir s'était enfui. Trop tard pour en parler aux autres, il faudrait qu'il attende la prochaine réunion du club.

— Hé, les gars, ne vous bordez pas trop fort, ce soir. On ne sait jamais !

— Pas de danger, j'ai perdu ma couette.

— Moi, j'ai un exposé à relire.

De la main, ils se firent un au revoir-à bientôt. Hondo regarda l'heure aux clochers de Saint-Jacques-Saint-Christophe. Comme d'habitude, les deux horloges n'indiquaient pas la même. Mais les deux lui disaient qu'il était en retard et qu'il avait intérêt à se dépêcher s'il voulait préparer le repas de son père avant son retour.

4. Le menu

Asperges vinaigrette, fromage blanc pommes de terre tièdes et crème brûlée. Hondo regardait les assiettes disposées sur la table basse du salon. Est-ce que son père comprendrait son menu ? Bien sûr, Il était commissaire de police, mais là, c'était vraiment très dur comme devinette. Peut-être qu'il valait mieux l'aider un peu. Non ! Ce serait tricher. Hondo changea dix fois la disposition des assiettes, des couverts, de la serviette et du verre de lait. Il alla à la porte écouter le bruit de l'ascenseur qui montait. S'il y avait un petit kilinck !, c'est qu'il s'arrêterait à leur étage. Dommage, ce ne serait pas pour cette fois. Hondo alla s'asseoir près de la grande lampe sur pied. Il tournait dans ses doigts l'enveloppe qu'il avait trouvée par terre, près de la fenêtre de Faussette. Elle était un peu froissée et déchirée à un coin. On avait sûrement essayé de l'ouvrir. La lettre était adressée à la maman de Faussette, avec l'adresse de la tour. L'enveloppe était très épaisse. Hondo avait l'impression qu'il y avait une autre lettre à l'intérieur. Il palpa. C'était ça. Hondo connaissait le truc. C'est ce que la DDASS faisait quand elle voulait envoyer un courrier à son père sans qu'il le sache. Mais Hondo est un rusé chasseur Yuruba. Il reconnaît le chacal sous la peau de l'antilope. Hondo prêta encore une fois l'oreille au bruit de l'ascenseur en train de monter. Pas de kilinck. Il avait le temps. Il alla dans la cuisine faire chauffer de l'eau. C'est un malin, celui qui a découvert la vapeur pour décoller. C'est un plus grand malin, celui qui a découvert la colle qui résiste à la vapeur. L'enveloppe ne voulait rien savoir et la cuisine était déjà transformée en sauna finlandais. C'est bon pour la peau paraît-il. Il ouvrit la fenêtre. Dehors, dans l'obscurité, caché derrière un charme ou un frêne, il crut reconnaître le géant sur sa moto qui guettait.

— Quel brouillard ! C'est Londres, ici. Tu nous as préparé une soirée anglaise !

Hondo sursauta. Son père ! Il ne l'avait pas entendu entrer.

— J'ai pris l'escalier. Je trouve qu'il y a un petit kilinck ! à notre étage. Il faudra que je le signale à la gardienne.

Dans cette purée de pois, Hondo ne le voyait toujours pas très bien, son père. Il se lança au hasard à son cou. Gagné ! C'était bien son écharpe écossaise câline et son menton un peu bleu. Hondo tira son commissaire de père par la main jusqu'au salon, lui dénoua son écharpe, lui ôta sa canadienne et les accrocha au perroquet de l'entrée.

— Alors, *my dear* ? C'est quoi ce soir : porridge, marmelade de roses et pudding de Noël ?

Décidément, son père ne saurait jamais imiter l'accent anglais. Ils rirent tous les deux, mais Hondo nota l'idée dans sa tête. Pas facile, de trouver un menu original tous les soirs ! Comme chaque fois, avant de manger, son père fait les mêmes gestes. D'abord, il va vérifier dans le bac à légumes du réfrigérateur s'il n'y a pas laissé son arme de service. Puis il va faire une toilette de phoque dans la salle de bains en s'éclaboussant, en se donnant des claques partout et en faisant des bruits bizarres. Il allait encore y avoir de l'eau partout. Enfin, il entre dans la chambre rose qui reste toujours fermée. Dix secondes. Pas plus. Et en ressort avec une faim différente à chaque fois.

— Hum ! j'ai une faim d'ornythorinx !

Cette faim-là, Hondo ne savait pas l'écrire.

— Fameuses, ces asperges ! Tiens, il manque une pointe de basilic dans la sauce vinaigrette...

Hondo sourit.

— Voilà des petites pommes de terre tièdes à souhait.

C'étaient des « rattes du Touquet ». Un peu plus chères, mais « fermes et goûteuses », comme disait l'épicier de la rue de Flandre.

— Bien assaisonné, ce fromage blanc ! Tiens, il manque un rien de citron.

Hondo sourit plus largement. Son père devinait.

— Ah ! la crème brûlée à l'orange !

Le commissaire imitait très bien l'ogre gourmand.

— Tiens, une crème brûlée à l'orange, où il manque l'orange !

Hondo était maintenant certain que son père avait compris.

— C'est étrange, ce soir, j'ai l'impression qu'il manque toujours quelque chose. Dans la salle de bains, tout à l'heure, mon gobelet bleu, la rose des sables sur la table de nuit de la chambre, et même mon arme de service emballé dans un sac poubelle noir qui aurait dû manquer et qui ne manquait pas dans le réfrigérateur.

Hondo était fier de son père. Car ce n'était pas facile à comprendre.

— Donc, ce soir, ce qu'il y avait au menu, c'était… le manque.

Hondo fit une petite moue boudeuse. Le commissaire rectifia.

— Non, je dirais plutôt… la disparition !

Hondo aurait voulu prendre son père dans les bras, l'embrasser partout, lui apporter ses gros chaussons et lui bourrer sa pipe. Mais son père marchait pieds nus et ne fumait pas. Dommage, ça sent bon le miel, le tabac. Et Hondo aimait bien l'expression « blague à tabac ». Ça le faisait rire.

— Une disparition ! C'est grave une disparition. Surtout une disparition en couleur. Vert basilic, blanc d'ail, orange, bleu, rose. Plus ce noir des poubelles qui ne me dit rien qui vaille.

Jamais Hondo n'aurait pu imaginer que

son père découvrirait tant de choses. Il manquait encore un indice.

— Plus grave et inquiétant, quand le gardien de la maison disparaît.

Incroyable ! son père avait vu pour le petit chat japonais qui lève la patte ! Il s'était aperçu que Hondo avait rangé la jolie statuette que Musique, son amie du dizième, lui avait offerte… C'est un Tansui. Le gardien du foyer et du bonheur…

— Attention quand les couleurs disparaissent et que les mots se perdent dans le brouillard…

Hondo se demanda si son père voyait l'enveloppe cachée sous son chandail.

— … il faut vite revenir au point de départ. Le disparu est comme le coquillage fossile. Il n'est plus là, mais il a laissé une empreinte.

Le galet creusé ! Jo avait raison, ça ressemblait à un fossile. Mais ça ne l'avançait pas beaucoup, c'était Faussette qui avait disparu. Pour elle, son père ne l'aidait pas beaucoup.

— Dis-moi, est-ce que tu arrives à faire passer le ballon par le chas de l'aiguille ?

Son père se moquait parce qu'il s'entraînait pour un concours. De dix mètres, faire passer un ballon de football dans un trou pas plus grand que ce dernier. C'était pour la Coupe du monde. On pouvait gagner une voiture de sport, un voyage autour du monde ou une maison. Hondo aurait voulu emmener son père sur un paquebot, juste pour le regarder sur le pont s'accouder au bastingage. C'est joli comme voyage « bastingage ».

— Tu sais, Hondo, quand la montagne est trop haute, il faut avoir la sagesse de demander au nuage.

Ça aussi, ça devait être un proverbe japonais de Musique. Mais ça ressemblait trop à l'article 13 du règlement du club. Pas question de solliciter l'aide des grands ! Hondo sentait de plus en plus que la solution se trouvait dans la lettre. Dès que son père serait couché, il ferait sortir les mots du brouillard. Et pas avec de la vapeur de casserole. Un bon coupe-papier fera mieux l'affaire.

Dehors, le géant à la moto guettait toujours derrière son charme ou son hêtre.

5. La photographie

Hondo se demanda s'il devait convoquer tout de suite une séance extraordinaire du club des Ruines. En pleine nuit. Ou s'il devait attendre de connaître le contenu de la lettre. En fait, Hondo ne se demandait rien. Il était déjà en train d'ouvrir l'enveloppe. Il avait vérifié : elle avait bien été postée de Saint-Denis. Dans sa main le couteau pointu bloblote un peu. C'est normal : « vol de correspondance ». C'est un délit. C'était marqué dans le gros livre rouge de son père. Et ce n'était jamais bon signe quand ce qu'on faisait était dans ce livre.. Tant pis. C'était fait.

Hondo ouvrit l'enveloppe. Il en était sûr ! Il y en avait bien une deuxième à l'intérieur.

Nouveau couteau pointu. Nouvelle bloblote. Plus forte encore. Pire que pour les cadeaux ou les pochettes-surprises. Qu'est-ce qu'il allait trouver à l'intérieur ? Une photographie. Une simple photo en noir et blanc d'une façade d'immeuble. C'est tout. Il vérifia dans l'enveloppe. Rien. Tout ce mystère pour une vulgaire photo, même pas en couleur. Hondo en aurait pleuré. Maintenant, c'était certain, il ne retrouverait jamais Faussette tout seul. Il ne pourrait pas échapper à ce satané article 13. Hondo retourna la photo. Il y avait quelque chose d'écrit… « *C'est là que je travaille maintenant. Tu verras, il y a une cave à charbon incroyable de derrière les fagots…* » Hondo relut. Elle était bizarre cette phrase… *Incroyable de derrière les fagots*… Il aurait bien demandé à son père de lui expliquer, mais Hondo entendait ses ronflements à l'autre bout de l'appartement. Ce soir, ça ressemblait au bruit d'un quadrimoteur à hélices : un Super Constellation des années cinquante. Hondo était incollable sur les vieux avions. Il fallait une réunion du club des Ruines, immédiate et inopinée. Pas mal « inopinée ». Il remit le petit chat protecteur japonais à sa place près de la porte d'entrée…

Garde bien la maison, et mon père surtout…
Et Hondo sortit.

Au pied de la Tour Blanche, Hondo trouva la nuit étrangement calme. Il traversa le quai vers le terrain vague quand soudain un gros œil blanc lumineux l'éblouit et fonça droit sur lui en rugissant. Hondo le fixa, hypnotisé. Ce devait être un lion cyclope de l'Atlas. Hondo, le valeureux chasseur Yuruba ne le craignait pas… Idiot, tu ne vois pas que c'est une moto qui fonce sur toi et qui va t'écraser comme une crêpe à la Chandeleur si tu ne bouges pas. Hondo se ressaisit et se jeta de côté avec un joli saut d'impala qui le catapulta contre la palissade du terrain vague. Hondo s'assomma à moitié. Mais avec l'autre moitié, il reconnut le géant en cuir sur sa moto pas japonaise.

Quelqu'un avait voulu l'écraser ! Son cœur se mit à battre dans tous les sens. Il était encore temps pour l'article 13. Pas question ! Hondo entra dans le terrain vague. Cette fois il soigna son salut au quartier. À peine avait-il allumé sa bougie que Jo arrivait déjà.

— Hondo, tu crois qu'un jour je pourrais me retrouver aux objets perdus ?

— Au moins on saura où aller te rechercher.

Édito arriva dans la foulée.

— C'est très intéressant, cette histoire de Stade de France. J'ai lu dans le journal que - l'église du Temple stellaire dit que c'est un OVNI. Une vraie soucoupe volante envoyée par les habitants de Faucon du Centaure pour étudier nos jeux et coutumes. Paraîtrait que les Faucocentauriens attendent la finale pour la faire décoller. Comme ça, ils auraient en un seul coup, tout ce qui se fait de mieux sur terre dans le football.

— Nous, on ne craint rien, il n'y a déjà plus une place de libre pour la finale.

— Même Biscotot mon voisin n'a pas pu en avoir. Pourtant il est agent de sécurité au Stade de France...

— Agent de sécurité, c'est comme vigile ?

— Oui, mais en moins méchant.

— Tu parles !

Hondo toussota. Édito et Jo se turent. On fit le cérémonial. Hondo montra la photo qu'il avait trouvée dans l'enveloppe.

— Tu crois que c'est là qu'est Faussette ?

— Ce ne sera pas facile de retrouver cet immeuble. Il y en a plein à Saint-Denis.

— Regardez, ces inscriptions en haut.

On apercevait des lettres... *ÉLECTRONIQUE MONDIAL*...

— Ça doit être une enseigne au néon sur le toit de l'immeuble.

— C'est trop petit!

— Au contraire. On ne voit que le bas. Le reste doit être géant.

— Alors c'est que l'immeuble est au bord d'une autoroute. À cet endroit, ça ne peut-être que l'A86 ou l'A1 vers Lille-Roissy...

Jo connaissait la région parisienne presque aussi bien que le reste du monde.

— ... mais plutôt l'A86, l'autoroute passe juste à côté du stade.

— Comment on y va d'ici?

— Métro Crimée, direction Balard, changement ligne 13 Saint-Denis-Basilique, station Porte de Paris, quinze minutes à pied. Mais ce serait mieux par gare du Nord, RER B direction Mitry-Claye. On descend à La Plaine-Stade de France. On peut aussi...

Il fallait arrêter Jo, ou sinon il récitait tout le plan du réseau SNCF-RATP par cœur.

— Mais à cette heure, il n'y a plus de métro.

Pour ça, Jo n'avait pas de plan.

— Biscotot!

Hondo et Jo regardèrent Édito. On aurait

dit qu'un néon « Eurêka » s'était allumé au-dessus de sa tête.

— J'ai trouvé ! Mon voisin Biscotot, l'agent de sécurité-vigile. Il fait les rondes de nuit au Stade de France. Normalement, il ne doit pas encore être parti… et je sais où est garée sa camionnette.

6. Le stade

Le problème avec les vigiles, c'est qu'ils ont un chien. Un gros chien. Biscotot en avait deux et très gros. Pour l'instant, ils dormaient derrière la grille de séparation à l'arrière de la camionnette… Un pick-up 4x4 Toyota avait dit Édito. Le meilleur… avait-il ajouté pour rassurer ses copains. Ça ne rassurait personne, l'idée d'être dévoré tout habillé, en pleine nuit sur une autoroute déserte, prisonnier dans le meilleur pick-up 4x4 du monde ! Hondo, Édito et Jo avaient eu beau s'enfouir sous des sacs à dos, des cordes, et tout un fourbi de camping, les chiens les sentiraient dès qu'ils se réveilleraient.

— Qu'est-ce qu'il fait avec tout ce matériel ?

— De la varappe, je crois.

— C'est quoi, la varappe ?

— De l'alpinisme en plus petit.

— Tu es sûr qu'il ne part pas en vacances ? On aurait l'air fin à Chamonix.

Hondo écoutait Édito et Jo discuter. Heureusement que le moteur ronflait et que Biscotot conduisait son 4x4 comme une formule 1. Lui réfléchissait à la phrase écrite au dos de la photographie : « *C'est là que je travaille maintenant. Tu verras, il y a une cave à charbon incroyable de derrière les fagots...* » Hondo n'avait pas eu le temps d'en parler avec ses copains. Il avait fallu se dépêcher et courir pour attraper la camionnette de Biscotot avant son départ. Ç'avait été moins une ! *Tu verras, il y a une cave à charbon incroyable de derrière les fagots...* Cette phrase n'allait pas. Pourtant, madame Dora ne rigolait pas avec le français, quand elle lui faisait réviser ses leçons. C'est peut-être un code. Mais pour dire quoi ?

La camionnette pila.

Hondo, Édito et Jo se tassèrent sous le fourbi. Il y eut des voix. Un faisceau de lampe balaya la nuit au-dessus de leurs têtes. Les chiens se réveillèrent. Ils se mirent à aboyer, à griffer et à mordre la grille de séparation. Elle n'allait pas résister. Tout habillés ! Ils allaient être dévorés tout habillés.

— Dis-donc, La Gonflette, ils ont l'air hargneux ce soir, tes teckels.

Le faisceau de la lampe-torche les excitait encore plus. Les chiens semblaient avoir oublié Hondo, Édito et Jo.

— Qu'est-ce que tu fais, avec tout ce matériel ?

— Je prépare la première de la face nord du stade.

Biscotot et le type à la lampe n'avaient pas l'air de s'aimer beaucoup.

— Je peux voir ta quincaillerie ?

Cette fois, c'était fichu. Ils pourraient toujours faire leurs yeux de cocker et dire qu'ils rêvaient tellement de visiter le stade. Édito voyait déjà le titre dans le journal de demain : « TROIS PASSAGERS CLANDESTINS DU STADE DE FRANCE... » Hondo ajoutait : « Ils émeuvent le président de la République, qui les accueille dans sa loge présidentielle... » Jo imaginait bien, en plus, un tour du monde des grands stades offert par le Comité d'organisation.

— Alors, je peux la voir, ta quincaillerie ?

— Vas-y, entre ! Tu ne vas pas me dire que tu as peur de deux teckels.

Il y eut un silence. Même avec les deux chiens qui aboyaient, qui griffaient et mordaient la grille, c'était du silence. La preuve, Hondo, Édito et Jo entendaient leurs cœurs battre et cogner contre la carrosserie.

— Ça va, fais pas le malin. Tu peux y aller.

Le 4x4 démarra.. Les trois garçons auraient bien crié… On a ga-gné !… On a ga-gné !… mais c'était un peu trop tôt. La camionnette venait de stopper. Maintenant, il allait falloir descendre sans se faire voir ni des chiens ni de Biscotot.

Raté !

La porte de la camionnette s'ouvrit, une main écarta le fourbi. Hondo, Édito et Jo se retrouvèrent tout nus, éblouis dans la lueur d'une torche.

— Allez les gosses, descendez de là !

Par où ça commence à manger un chien ? Les chevilles ? Les cuisses ? Les bras ? En plus, Biscotot débordait de muscles. Son blouson avait bien du mal à tout garder à l'intérieur. Une seule gifle de lui et les chiens auraient pu jouer au cani-foot avec leurs têtes.

— Qu'est ce qui vous a pris de vous cacher là ?

Les trois garçons se posaient la même question.

— Vous auriez pu me demander, je vous aurais fait avoir une visite. Disparaissez ! Et vous faites pas prendre… Pour ressortir, c'est par la porte « H » que c'est le plus facile. C'est mon secteur. Allez, ouste !

Hondo, Édito et Jo n'essayèrent pas de comprendre pourquoi ils n'étaient pas en train d'être broyés par des mâchoires de monstres. Ils détalèrent tout droit.

— Hé ! Les gosses !

C'était sûr ! En fait, Biscotot n'était qu'un sadique. Ils les avaient laissés partir pour mieux les rattraper. Ne jamais faire confiance à quelqu'un qui a tant de muscles.

— Hé, les gosses ! Vous avez raison… C'est la nuit qu'il est le plus beau…

Un petit signe de la main, trois sourires et ils redétalèrent. C'est bien, les gars qui ont plein de muscles, ils n'ont pas à montrer leur force.

Mais il a bien fallu s'arrêter, sinon ils faisaient tous les trois le tour complet du stade. S'arrêter pour regarder.

— Whouâââ !

— Whouâââ !

truong

— Whouâââ !

Il devenait urgent de préciser son impression. Édito avait de quoi. Il avait déjà fait deux exposés sur le sujet.

— Vous vous rendez compte : 80 000 places ! Un million d'heures de travail rien qu'en gros-œuvre pour 1 300 ouvriers. Un coût de 2,7 milliards, soit 20 francs par Français…

Hondo et Jo ne se rappelaient pas avoir donné.

— Mais le plus beau, c'est le toit. 8 aiguilles et 4 paires de haubans par aiguille pour le soutenir. 13 000 tonnes : une fois et demie le poids de la tour Eiffel ! Une toiture avec 1 hectare de verrière suspendue à 42 mètres de la pelouse : 9 000 m^2 de gazon, ce qui permet un terrain de football de 119 m x 75.

Jo se disait que ça fait loin quand on veut tirer du centre.

— Mais il n'y aura pas que du foot. Du rugby aussi, de l'athlétisme et des concerts : Les Rolling Stones, Johnny Halliday… Et grâce à ce toit suspendu…

Jo et Hondo se demandaient pourquoi on avait construit le reste du stade. Édito ne s'intéressait qu'à ça.

— … on pourra écouter la musique en regardant le Sacré-Cœur illuminé.

Édito aurait mieux fait de leur dire d'où on pouvait voir cette enseigne géante au néon. D'après Jo, elle aurait dû être installée sur le toit d'un immeuble pas très loin.

Inutile de la chercher.

Hondo venait de la reconnaître. Plein nord ! comme dirait Jo. Elle était tellement énorme avec ses trois lettres blanches lumineuses. N.E.C... NIPPON ELECTRONIC COMPANY. Hondo eut un pincement au cœur. Ces trois lettres venaient de lui rappeler cette nuit où son ami Nec avait disparu dans le canal. Juste devant chez lui.

Hondo regardait l'enseigne lumineuse géante sur le toit de l'immeuble NEC. Il en était sûr, Faussette était là. Ces trois lettres étaient un signe pour un guerrier Yuruba.. Le signe d'une piste qu'il fallait suivre. Édito et Jo étaient d'accord.

— On n'a pas encore vu les 37 km de gradins, les 148 loges, les 6000 sièges « affaire » avec accoudoirs, le restaurant panoramique...

Non ! Jo et Hondo débranchèrent Édito. On aurait dit un guide de bateaux-mouches en folie. Ils ressortirent par la porte « H ». La grille était juste assez entrouverte. Merci, Biscotot ! Ils se faufilèrent. Attention à ne pas se faire repérer. Il y avait beaucoup de lampadaires. Hondo, Édito et Jo longèrent un parapet en pierre qui donnait sur le vide.

En contrebas, Hondo vit soudain surgir le géant de cuir sur sa moto. De là, on aurait dit un gros insecte. Il disparut comme s'il s'était glissé sous le ventre du stade. Qu'est-ce qu'il faisait là ? Est-ce qu'il avait suivi le 4x4 ? On verrait bien. Pour l'instant, il fallait rejoindre l'enseigne.

7. Derrière les fagots

— C'est bien elle!

Postés juste en face, Hondo, Édito et Jo comparaient l'enseigne lumineuse géante et le haut de la photographie... ELECTRONIQUE MONDIALE.

— Exactement pareille.

— Qu'est-ce qu'on fait, maintenant?

Hondo retourna la photo. Chacun fit son exercice de lecture silencieuse. *C'est là que je travaille maintenant. Tu verras, il y a une cave à charbon incroyable de derrière les fagots...*

— Ça veut dire quoi : de derrière les fagots?

— C'est pas trop du français.

— Oui, mais en français, ça veut dire quoi?

— C'est là qu'on met les bonnes bouteilles. Mon père dit toujours : « Quand on aura le papier de la DDASS, on sortira une bonne bouteille de derrière les fagots pour fêter ça. »

Hondo savait que ce n'était pas demain la veille, car son père n'avait pas de cave avec de bonnes bouteilles cachées derrière des fagots. D'ailleurs, il n'avait même pas de bouteilles du tout. Ça sert à ça une expression : on peut parler de choses qu'on n'a pas comme si on les avait.

— Bref, ça veut dire qu'on a caché quelque chose de précieux quelque part.

Jo résumait bien.

— Alors, pourquoi du charbon?

— Pour dire que c'est à la cave.

Jo était vraiment très en forme.

Les trois n'eurent même pas à se le dire, ni même à se regarder, ils se dirigeaient déjà vers l'entrée de l'escalier. Bien sûr, il fallait un code pour entrer et bien sûr personne n'entrait ou ne sortait à cette heure. Inutile d'attendre plus longtemps. Ce serait une opération soupirail. Dès qu'il y avait le mot « trappe », « lucarne » « vantail » « vasistas » ou « soupirail », c'était pour Hondo. C'est lui, du club, qui savait se glisser partout.

Encore cette fois. Pas de problème. Trois

contorsions, un déhanchement, une reptation, un rétablissement, et il avait disparu. Il réapparut derrière la porte d'entrée et ouvrit à Édito et Jo.

— D'accord la cave, mais laquelle?

Édito avait raison. Jo montra les boîtes à lettres. Ils cherchèrent celle de madame Dora, l'amie de la mère de Faussette... 984!... Hondo, Édito et Jo se tapèrent dans la main. Édito sortit une lampe électrique plate d'une de ses mille poches et ils descendirent sans faire de bruit l'escalier qui mène aux caves... 982... 983... 984!... Une porte en bois à claire-voie, mais avec un gros cadenas à chiffres. «Claire-voie», ça donnait à Hondo l'impression que la porte allait se mettre à rire à gorge déployée. Par contre, le gros cadenas ne le faisait pas rire. Jo avait déjà commencé à essayer les combinaisons.

— Tu sais combien il y en a, avec quatre mollettes à dix chiffres?

— 1347978543!

— Alors, pourquoi tu essaies?

— Et la chance? Qu'est-ce que tu en fais de la chance!

Pour augmenter leurs chances, Hondo avait ramassé un morceau de tuyau qui aurait fait une jolie sarbacane.. Crac! Ce bruit-là, aussi devait être dans le gros code rouge de son père, et en face il y avait certainement une amende avec plein de zéros et peut-être même plus..

Trop tard ! Ils étaient entrés dans la cave n° 984.

Elle était vide. D'habitude, les caves sont pleines de choses inutiles et oubliées depuis longtemps. Mais dès qu'on les revoit, ça y est ! on en a besoin. Et tout de suite... Oh mes vieux patins à roulettes !... Oh, la lampe bleue sans abat-jour !... Oh, mon cahier de coloriage !... Redescends-moi ces saletés immédiatement où tu les a prises !... Ça se termine toujours comme ça. Mais dans la cave n° 984 on n'avait rien redescendu. Elle était vide. La lampe électrique d'Édito n'éclairait juste qu'un énorme tas de boulets de charbon contre le mur du fond avec une pelle plantée au sommet. Il y avait aussi un haut porte-bouteilles rouillé.

— Y a pas de fagots !

— Y a pas de bonnes bouteilles !

— Y a pas à dire, les gars : y a pas !

À la lueur de la lampe, Hondo, Édito et Jo relisaient les mots au dos de la photographie.

— Pourquoi madame Dora parle de ce tas de charbon ?

— D'habitude, ce n'est pas ce qu'on montre aux gens quand ils viennent vous voir.

— Il y a un mystère là-dessous.

Les trois se regardèrent avec des yeux comme des cadrans de machine à sous. Bongo ! Bingo ! Ils affichèrent tous des cerises en même temps. C'est ça... Il y a un mystère là-dessous... Sous le tas de charbon. C'était ça, le message. Ils se tapèrent dans les mains.

— À l'œil, il y a au moins trois mètres cube. Avec cette pelle, même en se relayant, on n'est pas arrivé.

— On fera comme si on était embarqué dans les soutes d'un steamer en route pour Paramaribo.

— Alors en route !

On tira au sort. C'était à Jo de pelleter le premier. Mais il resta en suspens. Par la grille d'aération on venait d'entendre le bruit d'une moto. Hondo savait laquelle. Édito coupa la lampe. De dehors, on pouvait les voir. Ils entendirent le bruit du moteur au ralenti se rapprocher. Le géant de cuir... Parce que c'était lui. C'était sûr... Il devait descendre la rampe vers les caves. Ils l'entendirent fourrailler dans la serrure de la porte métallique.

Les cœurs de Hondo, Édito et Jo brinquebalaient comme des gros porte-clefs. Le géant coupa le moteur. On reconnut le bruit du cric et celui des bottes qui résonnaient comme si le géant portait des éperons.

— Il vient par là.

Pas la peine de le dire, il y avait juste à écouter comment ça cognait à l'intérieur de la poitrine. Les tambours du Bronx. Jo se glissa près de la porte et leva la pelle à charbon bien au-dessus de sa tête. Hondo pensait. S'il avait déjà vu le géant, Jo aurait rangé son misérable chasse-mouches. Le pas lourd résonnait dans l'obscurité... 987... 986... 985... Le géant n'avait même pas allumé la lumière de la cave. Et si c'était vraiment un motard sub-bionique avec capteurs infrarouges, visée laser et désintégrateur thermique ? On n'allait retrouver d'eux que trois petits tas de cendre, près d'un gros tas de charbon... 984... Triste fin. Le géant était devant leur cave. Il allait enclencher son programme de bio-destruction.. Article 13 ! Je demande l'application immédiate de l'article 13, avec hélicoptère de secours, commando hélitreuillé et chiens d'attaque... Crac! Le géant va voir le gros cadenas à chiffres fracturé... Heu !... Bonsoir, monsieur le géant… Voilà, on va vous expliquer… On descendait chercher du charbon pour notre pauvre grand-mère très malade… Le cadenas ?… Ah oui, on a oublié la combinaison. C'est sa date de naissance. Mais on sait seulement que c'est en août… Alors, c'est pour ça… Le bruit de bottes à éperons passa. Même pas un petit temps d'arrêt. Quel mufle ! On l'entendit monter l'escalier vers le hall d'entrée.

— On a eu chaud !

— C'est pire que pelleter le charbon.

— Allez, faut s'y mettre !

Jo se cracha dans les mains et commença. Édito l'éclairait. Hondo trouvait que quelque chose clochait. Cette histoire était boiteuse. Pourquoi est-ce que madame Dora parlait de fagots ? Il y avait forcément une raison. Hondo s'était posé la question en écoutant le pas du géant. À la fin on entendait plus le bruit des bottes, mais seulement celui des éperons. Comme si on avait voulu attirer leur attention ailleurs… Quand le doigt montre la lune, l'idiot regarde le doigt… Son papa de commissaire le lui avait dit souvent. Et le doigt, c'était le tas de charbon… Yuruba, mais c'est bien sûr !…

— Stop !

Hondo avait presque crié. Pas malin. Et si le géant...

— Arrête, Jo! Arrête de creuser, ce n'est plus la peine.

Édito et Jo le regardèrent, vaguement surpris.

— Il faut chercher la lune, pas le doigt!

Édito et Jo le regardèrent, vaguement inquiets.

— Je veux dire que dans le mot de madame Dora, c'est pas le charbon le plus important, ce sont les fagots.

— Mais puisqu'il n'y a pas de fagots...

— Ni de bonnes bouteilles...

— Oui, mais il y a... un porte-bouteilles!

D'un même mouvement, tous trois s'étaient jetés sur le porte-bouteilles rouillé. Un coup à attraper le tétanos. Que je te bouge. Que je te tire. Que je te descelle. Que je te rippe. Te glisse, te pousse, te brosse et te découvre : une trappe! Une jolie trappe en bois avec un anneau à l'oreille.

Pas de temps à perdre à se dire qu'on est génial.

Hardi moussaillon! On soulève. Ho-hisse! C'est mieux que dans Ali-Baba et les quarante voleurs. Pas besoin de formule magique. Elle s'ouvre. Édito éclaire. Il y a une échelle métallique à barreaux comme dans les égouts. Un jour, Hondo avait visité les catacombes avec son père. Est-ce qu'il y aurait des crânes ? Et des rats ? Valait mieux ne pas y penser. En route pour la spéléologie.

Ils refermèrent la trappe sur eux. Il suffirait que quelqu'un jette quelques pelletées de charbon et on ne pourrait jamais la rouvrir. « C'est malin de penser à ça. Et si ton cœur l'entendait ? Tu sais bien qu'il est un peu trouillard. Bon, je vais essayer de penser moins fort. »

Hondo, Édito et Jo avançaient maintenant dans un boyau pas beaucoup plus haut qu'eux. Ils ne se parlaient pas. Inutile. Il fallait avancer. Devant eux, le faisceau de la lampe ressemblait au museau d'un chien de chasse qui furète... Allez, cherche ! Cherche !...

Ils avancèrent et avancèrent avec l'impression que l'espace s'agrandissait au fur et à mesure. Maintenant, la lumière de la lampe de poche se perdait dans l'obscurité sans rien rencontrer, ni mur, ni paroi. Et tout à coup, un pilier. Un énorme pilier en béton gris.

— Regardez !

La lampe avait accroché une inscription... NORD Entrées N-R-L...

— Qu'est-ce que ça veut dire?

— Incroyable! On est sous le stade...

Ils pensèrent aux milliers de tonnes de béton dont Édito avait parlé. Treize mille, rien que pour le toit! La tête leur en rentra dans les épaules.

— Par où on va maintenant?

La lampe électrique n'avait pas aimé cette question. Peut-être qu'elle le prit comme un manque de confiance. En tout cas, elle se coupa net. Hondo, Édito et Jo se retrouvèrent dans le noir le plus complet avec au-dessus d'eux une masse monstrueuse de béton qui commençait déjà à craquer.

Comment allaient-ils faire pour sortir de là?

— Pas de panique, j'ai ce qu'il faut.

Ce devait être dans la cent vingt-quatrième poche du gilet d'Édito. Le compartiment boîtiers électriques et piles de rechange.

— Regardez là-bas!

Jo était drôle. On aurait bien voulu. Mais, c'était où «là-bas»?

— Là-bas, je vous dis! Une lumière rouge.

Jo avait raison. Une sorte de lumignon brillait au loin sur leur droite.

— On va aller voir. Qu'est-ce qu'on risque?

La liste de tout ce qu'on risquait pouvait être longue. Tomber dans un trou plein d'eau noire, s'enliser dans des sables mouvants... Pas le temps. Surtout qu'Édito avait changé les piles. Et heureusement. C'était boueux, presque marécageux dans cette direction. Une eau noire semblait monter du sol avec une odeur de soufre. Hondo se souvenait avoir entendu ses copains parler du terrain sur lequel le stade avait été construit. Le Cornillon. On parlait de rejets toxiques enterrés là. Il ne manquerait plus que ça, qu'ils soient irradiés, avec des pustules et des grosses cloques sur tout le corps.

Ils marchèrent en direction du lumignon rouge, sur une étroite bande de terre à peu près stable. Hondo, Édito et Jo commençaient à avoir froid. Ce qu'ils virent les réchauffa instantanément. Une baraque! L'ombre d'une baraque de chantier avec une petite fenêtre éclairée. Le lumignon était au-dessus de la porte d'entrée.

— Qu'est-ce qu'elle fait là, cette baraque?

— C'est peut-être pour des gens de l'entretien?

— Ou alors elle a été abandonnée et reprise par des squatters troglodytes.

Hondo était content de son expression. Il

truong

connaissait le mot « troglodyte » depuis peu mais ce n'était pas une raison pour ne pas l'utiliser tout de suite. Qui irait voir? Pouf! pouf! On désigna un éclaireur. Encore Jo. Ce n'était pas son jour. Pourvu qu'il ne se perde pas d'ici la baraque.

— Tu veux la lampe?

Hondo et Édito espéraient qu'il dirait : « Non, pas besoin, je suis un fier éclaireur scout aux yeux de chat. » Mais il la prit et ils restèrent dans l'obscurité, avec ce suintement glacé et cette odeur de soufre collés à eux.

Ils suivirent des yeux le cône de lumière se diriger jusqu'à la cabane, farfouiller autour et revenir en sautillant.

— Incroyable, les gars! C'est incroyable!

En chemin, Jo avait perdu sa voix. On aurait dit un phoque qui se serait coincé une arête de morue dans le gosier.

— Incroyable!... Y sont là!... Y sont là!

— Qui ça « y »?

— Ma... ma-ma... mamame

En plus il était devenu bègue. Jo inspira profondément comme un plongeur en apnée :

— Madame-Dora-et-la-maman-de-Faussette-sont-dans-la-baraque-attachées-bâillonnées-avec-quelqu'un-qui-les-garde!

Ça, il l'avait dit d'un trait en se pinçant le

nez. Pas rassurant. Dans la même phrase, il y avait une bonne et une mauvaise nouvelle. La bonne : ils avaient eu raison de suivre leur intuition. La mauvaise : il manquait quelqu'un dans cette baraque. Hondo et Jo posèrent la même question en même temps.

— Et Faussette ?

— Je ne l'ai pas vue !

Il faut dire que le sort avait envoyé en éclaireur le plus petit des trois. Peut-être que Faussette était dans la baraque. Accroupie dans un recoin.

— Qui les surveille ?

— Un monsieur qui regarde la télévision.

Ça ne faisait pas un portrait très précis. Valait mieux y aller voir. Ils y allèrent en file indienne jusqu'à une sorte de petit vasistas.

Jo avait raison. Celui qui gardait prisonnières madame Dora et la maman de Faussette était bien « un monsieur qui regardait la télévision ». Il n'y avait rien d'autre à dire de lui. Le pire, c'est que Jo avait également raison pour Faussette : elle n'était pas dans la baraque. Facile à vérifier par le vasistas, l'intérieur étant presque vide. Seulement deux lits métalliques superposés avec madame Dora en haut et la maman de

Faussette en bas, une petite télévision mal réglée perchée sur une étagère, un guéridon avec un pot de Nescafé entamé, un évier plein de vaisselle sale et une ampoule nue qui pendait au plafond. Même pas du 100 watts.

Hondo, Édito et Jo se sentaient comme trois sauveteurs bretons qui ont repêché tout le monde sauf une. Et c'est à elle qu'ils pensaient. Pas trop longtemps. La porte de la baraque venait de s'ouvrir. Hondo sentit la marée monter dans son estomac.

Le géant de cuir ! La visière toujours rabattue sur son casque intégral, il venait d'entrer. Que faisait-il là ?

— Le patron veut que tu ailles accompagner l'Araignée dans la grotte.

Le monsieur qui regardait la télévision grogna sans lâcher l'écran.

— Il a dit *maintenant* !

Le monsieur réussit à se lever de sa chaise, à enfiler son blouson, allumer une cigarette, installer son baladeur sur les oreilles et sortir de la baraque sans lâcher l'écran des yeux. Le géant de cuir prit sa place sur la chaise.

— Faut le suivre !

— Et Faussette ?

— De toute façon, elle n'est pas là.

Le monsieur qui regardait la télévision était

facile à suivre dans l'obscurité, il portait une lampe tempête qui dessinait un grand cône de lumière autour de lui. Hondo, Édito et Jo avaient l'impression qu'ils s'enfonçaient de plus en plus sous le stade. Il devait maintenant être presque à l'aplomb du terrain. La masse énorme pesait sur eux. Elle semblait être posée sur une forêt de pilotis en béton. Tout à coup, le cône de la lampe tempête disparut. Le noir absolu. Ils s'immobilisèrent. Le monsieur qui regardait la télévision les avait peut-être repérés. Il guettait quelque part dans l'obscurité. Ils attendirent. Leurs cœurs battaient en triangle. Rien. Édito ralluma sa lampe. Ils allèrent de pilier en pilier en direction de l'endroit où le cône avait disparu.

— Attention!

Hondo et Jo avaient rattrapé de justesse Édito par son gilet à mille poches. Il avait commencé à glisser dans un trou, une excavation, un véritable cratère de sable fin. Le faisceau de la lampe d'Édito n'arrivait même pas à en atteindre le bord. Ils se laissèrent glisser comme à la dune du Pilat. Plus personne ne pensait à l'article 13. Ils étaient là, il fallait maintenant aller jusqu'au bout. Ils repérèrent le cône de la lampe tempête en dessous d'eux. Le cratère semblait être creusé par paliers réguliers. Nouvelle séance de toboggan à trois vers le niveau du dessous. Ça valait la peine... Deuxième étage !... Rayons : Mystère ! Merveilles ! Magie !... Mais qui les croirait quand ils raconteraient ce qu'ils virent à ce moment-là ?

J'espère que vous vous souvenez de votre promesse du début.

Alors, vous pouvez continuer.

8. Les ruines

Personne!

Tant pis. Ce sera juste pour le plaisir de décrire.

Il faut imaginer une sorte de gigantesque fouille archéologique éclairée par des guirlandes d'ampoules. Jo parlerait sûrement des ruines de Pompéi. Des ruines qui avaient la forme d'un reste d'amphithéâtre ovale, avec des gradins de pierre qui courent tout le tour. Dans ce cas, Jo parlerait plutôt d'Athènes. Le fameux stade de marbre d'Athènes!

— Vous vous rendez compte! Un stade antique, juste sous le stade de France.

— Ça a l'air beaucoup plus ancien.

Hondo, Édito et Jo comprenaient maintenant ce que représentait le galet creusé de Faussette. Une sorte de maquette.

— Pourquoi on n'en a pas entendu parler ?

— Ce sera peut-être dévoilé seulement au début de la Coupe du monde.

— Réfléchissez : qu'est-ce qui se serait passé si on avait appris la découverte de ce site archéologique ?

Il fallait réfléchir sans perdre de vue le cône de la lampe tempête. Pas simple.

— Eh bien, on aurait dû arrêter le chantier tout le temps des fouilles. C'est une loi, maintenant. Je l'ai lu dans le journal.

— Et le stade n'aurait pas été prêt à temps pour le match d'ouverture de la coupe.

— Brésil-Écosse le mercredi 10 juin 1998 !

Hondo voulait montrer à ses copains que lui aussi était au courant.

— Vous rendez-vous compte de la catastrophe ?

— Et si ça se sait, maintenant ?

— La Coupe du monde n'aura pas lieu !

Hondo, Édito et Jo se regardaient effarés. C'était comme si on leur avait annoncé qu'un des trois allait déménager à mille kilomètres d'ici.

— Qu'est-ce qu'on va faire?

— Rattraper le monsieur à la lampe tempête.

— J'ai l'impression qu'on n'est pas au bout de nos surprises.

Ça non!

Grâce à des roulades, des plongeons, des cavalcades et des approches de Mohicans, Hondo, Édito et Jo avaient réussi à recoller au monsieur à la lampe tempête. Juste à temps pour le voir disparaître par un passage sous les ruines des gradins. Ça devait correspondre au tunnel de sortie des vestiaires pour les joueurs.

— Te voilà! C'est pas trop tôt.

Les trois se plaquèrent dans un recoin. De là, ils ne voyaient pas qui parlait.

— Tu accompagnes l'Araignée, il va essayer une autre voie.

Mince! ils étaient combien?

— L'Araignée, il faut que tu me la trouves cette seizième salle. Il ne nous reste plus beaucoup de temps. Toi, tu l'accompagnes et t'en profites pour faire ta ronde dans la grotte. Et tu ne me laisses pas traîner tes épluchures d'orange comme la dernière fois. C'est pas une poubelle, cette grotte.

— Mais patron…

— Discute pas, ou tu vas tâter de mes chiens.

Encore des chiens ! C'est une manie, aujourd'hui. Et à chaque fois, ils sont de plus en plus gros. Il est urgent pour les mollets de revenir aux Yuky, Médor, Griotte et Capi.

— Allez, file !

Hondo, Édito et Jo virent le monsieur à la lampe tempête se glisser par un passage dans la paroi, suivi par un grand homme maigre avec un casque de spéléo sur la tête et un rouleau de corde rouge à l'épaule. Ce devait être lui, l'Araignée. Ils n'avaient toujours pas vu le patron.

— Ça ne vous dit rien, les copains, ces épluchures d'orange.

« Oranges » c'est le nom qu'on donne aux mandarines quand on ne connaît pas Faussette. Elle était là, c'est sûr ! Leurs cœurs faisaient un bruit genre hymne national d'avant match. Mais impossible de bouger avant de savoir où était passé le patron. Il rasèrent le mur à quatre pattes dans sa direction. Pourquoi à quatre pattes ? C'était peut-être d'avoir entendu parler de chiens. Ils repérèrent le patron installé à l'arrière d'une immense limousine blanche avec une très haute antenne sur le coffre arrière. Une Cadillac Séville, d'après le diagnostic de Jo. Comment elle avait pu arriver jusque-là? Sous la lumière du plafonnier, le patron fumait un long cigare. Il écoutait de la musique douce en parlant à ses trois dobermans qui n'avaient pas l'air très attentifs.

— Formidable!... Le premier stade néolithique!... Je les tiens!... Mes petits mignons, quand j'aurais trouvé la dix-huitième salle... Bang et super Bang!... Je fais tout sauter... À moi, les gentils bookmakers!... Bango-Bingo!... La grosse cote!... La grosse cote!

Le patron se mit à rire. Un rire qui lui secouait la carcasse. Un rire qui faisait peur. Édito en profita pour se glisser sous la limousine.

— Où tu vas?

— Qu'est-ce que tu vas faire?

— De la mécanique!

Comme si c'était le moment! Édito revenu, les trois s'engagèrent dans le passage à la suite du monsieur à la lampe et de l'Araignée.

Ils comprirent tout de suite pourquoi l'Araignée avait emporté un rouleau de corde. Tant pis, c'est le fond de pantalon qui ferait office. Arrivés en bas, ce qui les saisit en premier, ce fut… l'odeur de mandarine. C'est seulement après qu'ils virent la fresque.

9. La fresque

La fresque recouvrait entièrement la paroi de la grotte. Deux flambeaux en résine piqués dans le mur l'éclairaient. La fresque était de couleur ocre avec des dessins qui semblaient avoir été faits par des enfants.

— Whâhââ ! On se croirait à Lascaux.

— Vous vous rendez compte, la grotte Chauvet qu'on vient de découvrir près de Toulon date de neuf millions d'années avant notre ère.

— Et nous, on en trouve une à quinze minutes de chez nous en RER.

— Heureusement qu'on ne paie pas le ticket de métro à l'ancienneté, sinon ça ferait cher la Carte orange.

Jo arrivait même à perdre le fil de ses idées dans une remarque. Mais Hondo et Édito avaient l'habitude et s'y retrouvaient quand même.

— Ils ont l'air bizarre, ces animaux. Vous avez vu ce taureau à rayures et cet oiseau avec des ailes dorées, tout là-haut..

— Et là, ce petit bonhomme qui n'a qu'un bras. Pas pratique pour un chasseur.

— Regardez les filets ! la mer devait monter jusqu'ici à l'époque.

— Vous imaginez, aujourd'hui, on pourrait aller se baigner sur les plages de la Plaine-Saint-Denis.

— Accoster au port de Bobigny !...

— Faire du surf sur les rouleaux de Montreuil !...

Ça y est, Hondo, Édito et Jo rêvaient de palmiers et de sable fin au milieu d'une grotte néolithique. Hondo remarqua des pelures de mandarine semées sur le sol comme les cailloux blancs du Petit Poucet. Il les suivit.

— Venez voir !

Hondo venait de découvrir une deuxième salle. Il y avait aussi une fresque sur les parois.

— Tiens, encore cet oiseau aux ailes dorées.

— C'était peut-être leur dieu.

— Tous ces petits bonhommes bleus qui sortent d'une espèce de botte. Qu'est-ce que ça peut vouloir dire?

Tout ça « sentait » le mystère. Mais pour l'instant, Hondo, Édito et Jo n'avaient pas trouvé le bon parfum.

— Hé! là aussi.

Une troisième salle avec une troisième fresque.

— La tour Eiffel!

Jo avait eu raison de s'exclamer. Sur la fresque, ça ressemblait vraiment à ça. Une tour Eiffel de neuf millions d'années à peine rouillée! Et il y avait toujours cet oiseau aux ailes dorées et ces petits bonshommes bleus qui couraient dans tous les sens. Le parfum du mystère se précisait un peu. Ça sentait de plus en plus la mandarine.

— Là, encore une autre!

Une fresque étrange. Une sorte d'énorme soucoupe volante, bleu, vert et jaune et tout le reste peint en noir. Hondo, Édito et Jo se regardaient. Chacun avait une idée. Peut-être la même, mais personne n'osait la dire tellement elle était énorme, incroyable, inimaginable!... et tutti quanti. C'est bien l'italien, pour finir une phrase.

Ils coururent.

truong

Il y avait d'autres pelures de mandarine et d'autres salles. Toute une suite de salles, avec des fresques chaque fois différentes. Mais toujours, l'oiseau aux ailes dorées était là, posé en haut de la fresque comme un soleil.

— Regardez, un bonhomme avec une tête en or.

Une salle et une fresque encore. Mais celles-là les plantèrent sur place.

— Là !

Hondo, Édito et Jo s'étaient arrêtés net. Ce qu'ils voyaient « là ! » confirmait leur idée de fous… Idée de fous !… C'est Édito qui avait trouvé l'expression. Sur la fresque était peint un petit bonhomme noir qui ressemblait à une statue. Il portait une couronne et volait au-dessus de tous les autres petits bonshommes, à la hauteur de l'oiseau aux ailes dorées.

— Pelé !

Un seul cri pour trois voix. Hondo, Édito et Jo venaient de comprendre en même temps. Devant eux, sur cette fresque, était représenté : Edson Arantés do Nascimento, dit Pelé. Le plus grand joueur de football de tous les temps. Comment pouvait-il être sur une fresque vieille de neuf millions d'années ?

— Ça voudrait dire que le football serait vieux de neuf millions d'années.

— Et que toutes les coupes du monde ont déjà eu lieu!

— Comment c'est possible?

Jo n'avait pas attendu la réponse, il se mit à détaler en direction d'une autre salle.

— Je suis sûr qu'il y en a seize salles! Je suis sûr qu'il y en a seize!

Hondo et Édito le suivirent sans comprendre. Ils l'entendaient compter en courant.

— 13!... 14!... 15!... et...

Non. Il n'y en avait que 15. Jo était déçu. Il semblait ne pas comprendre. Il prenait ses copains à témoin.

— Vous avez bien vu : il y a une salle par coupe du monde.

— Tu veux dire que cette fresque raconte l'histoire de la coupe du monde?

— Depuis ses débuts.

— Exactement. De 1930 en Uruguay à aujourd'hui, en France, juste au-dessus de nous...

Ils en avaient presque oublié la masse du stade qui pesait sur leurs têtes. Et si un pilier de béton craquait?

— Ça veut dire en comptant les interruptions de la guerre, et sachant qu'elle se déroule tous les quatre ans…

Il ne leur laissa pas le temps de vérifier.

— … Ça fait seize coupes du monde donc seize salles. Il en manque une.

— Qu'est-ce qui te dit, Jo, que c'est bien l'histoire de la Coupe du monde ?

— Venez voir !

Ils retournèrent à la première salle. Jo expliqua la fresque.

— Ce taureau blanc à rayures bleues représente l'Uruguay. Le premier organisateur et premier vainqueur de la coupe du monde.

— Comment tu le sais ?

— Ce sont les couleurs des joueurs uruguayens.

— Et l'oiseau aux ailes dorées qu'on voit sur toutes les fresques ?

— Ça représente le trophée Jules Rimet. Un français. L'inventeur de la coupe du monde.

— C'était le trophée jusqu'en 1970 quand le Brésil l'a gagné pour la troisième fois.

— Il l'a gardé. C'était le règlement. Maintenant, il y a une autre coupe.

Édito et Jo expliquaient. Hondo écoutait et posait les questions.

— Et la deuxième salle, avec les bonshommes bleus et la chaussure?

— C'est la botte italienne. Italie deuxième organisateur, deuxième vainqueur en 1934.

On continuait la visite des salles avec Édito et Jo en gardiens de musée.

— Et la tour Eiffel?

— C'est parce qu'en 1938, c'est la France qui est organisateur.

— Alors on est vainqueurs!

— Non, c'est encore l'Italie. On est polis, nous. On sait recevoir.

Hondo se disait qu'au football un peu moins de politesse de temps en temps ne ferait pas de mal. Surtout cette année.

— Et la soucoupe volante?... Et la fresque en noir?... Et le bonhomme à la tête d'or?... Et le bonhomme bleu, à côté de Pelé, qui porte un fusil à bout de bras?... Et... Et...

Édito et Jo étaient bombardés de questions. Pire que des gardiens de but à l'entraînement.

— Moi, je connais la réponse...

La voix de Faussette! Hondo, Jo et Édito levèrent les yeux vers la voûte de la grotte. La voix descendait de là... Ils se regardèrent pour vérifier qu'ils n'étaient pas devenus fous. Plus rien. Voilà qu'ils entendaient des voix, maintenant. De plus en plus étrange, cette histoire.

— Moi, ce que je trouve curieux, c'est qu'il manque une salle. La seizième, celle de la coupe du monde 98 en France.

— C'est normal, Jo.

Lui, ne voyait pas pourquoi Édito trouvait ça « normal ». C'était normal, pour lui, de retrouver une fresque vieille de neuf millions d'années, qui raconte une histoire qui commence il y a soixante-huit ans. C'est « normal », ça ? Et cette ruine qui ressemble exactement et qui est au même emplacement que le stade qu'on vient juste de finir de construire. C'est « normal », ça ? Non ! Non et Non ! Jo n'en démordrait pas : il manquait une salle et ce n'était pas « normal ».

— Réfléchis, si cette seizième salle existait, ça voudrait dire qu'on connaît déjà l'histoire de la Coupe du monde qui va commencer dans un mois…

— Donc qu'on saurait déjà le résultat des matchs…

— Donc qu'on pourrait parier dessus…

Donc que… Bango ! Bingo !… La grosse cote !… Ils se rappelèrent le patron dans sa limousine blanche entouré de ses dobermans… Yuruba, mais c'est bien sûr !… Ce type cherchait la seizième salle. Quand il l'aurait trouvée et qu'il saurait tout, il la ferait sauter pour que personne d'autre ne sache... Bang! et super bang!

— Vous vous rendez compte, avec des paris dans le monde entier, ça peut lui rapporter des milliards!

— Il faut aller voir.

Hondo, Édito et Jo coururent vers la quinzièmesalle, toujours en suivant les pelures de mandarine. Tout de même, c'était intrigant, la voix de Faussette tout à l'heure.

Sur la fresque, trois petits bonshommes bleus avec un petit enfant dans les bras.

— Ça, c'est quand les joueurs brésiliens font semblant de bercer le bébé que leur copain Bebeto vient d'avoir.

Jo savait vraiment tout de toutes les coupes du monde.

— Normalement, la seizième coupe du monde devrait être là.

Jo montra une paroi lisse. Pas la moindre trace de passage. Juste un petit tas d'épluchures de mandarine au pied.

— Qu'est-ce que c'est que ça?

Édito montra un piton planté près du tas d'épluchures. Une corde rouge y était accrochée avec un mousqueton. La corde courait sur le sol et disparaissait dans une anfractuosité. C'était bien « anfractuosité » parce qu'on voyait bien quelque chose avec une cassure.

— C'est la corde de l'Araignée.

— Il doit être là-dessous avec le monsieur à la lampe tempête.

— Ils cherchent la seizième salle pour le patron.

— Ils l'ont peut-être déjà trouvée.

— Non, pas encore !

La voix de Faussette ! Cette fois, elle était toute proche.

— Ils n'ont pas encore trouvé la salle 16 mais il faut se dépêcher.

Hondo, Édito et Jo regardaient la fresque. La voix venait de là. Mais d'où ? Ils s'approchèrent.

— Vous ne me voyez pas ?

Drôle de cache-cache. Une petite fille avec des taches de rousseur dissimulée dans une peinture rupestre... Peinture rupestre !... Hondo venait de se souvenir de l'expression. Ça ne l'aidait pas à retrouver Faussette.

— Allez, je vous aide : cherchez l'enfant.

L'enfant ?... Alors c'était elle cet enfant que

les trois joueurs brésiliens berçaient dans leurs bras. Comment s'appelaient-ils ? Jo devait savoir.

— Romario, Mazinho et Bebeto.

— Bon, vous donnez votre langue aux chats ?

Ils donnaient tout ce qu'elle voulait.

— Je suis là !

Et hop ! Faussette apparut. Elle venait de sauter de la fresque devant eux. Ils eurent du mal à la reconnaître. On aurait dit qu'elle avait été entièrement dessinée au pastel, Terre de sienne, bleu de cobalt, jaune citron, et vert printemps. Ils firent semblant de ne pas être surpris. Ils étaient des garçons. Et un garçon ne doit jamais avoir l'air surpris devant une fille.

— Qu'est-ce que vous pensez de ma tenue de camouflage ? Ils n'ont pas réussi à me voir, les autres. Pourtant, ils m'ont cherchée. Et même avec les gros chiens. Mais ça trompe, l'odeur de mandarine.

Hondo, Édito et Jo se demandaient si tous les personnages allaient descendre de la fresque comme Faussette. Ce serait le plus grand match de football de toute l'histoire !

— Faussette, tu peux nous expliquer ce qui s'est passé ?

— C'est simple : un jour, madame Dora en voulant vider sa cave a découvert le passage, et ensuite, les ruines du terrain de football et la grotte. Elle a écrit à ma mère pour savoir quoi faire. Elles s'écrivent une lettre par semaine. C'est une promesse entre elles.

Hondo, Édito et Jo eux aussi s'étaient fait des promesses au club des Ruines. Mais, c'était secret.

— Un jour, une lettre de ma mère est arrivée par erreur dans la boîte du voisin du troisième. Celui qui a une grosse moto.

En plus, le géant de cuir vole le courrier. Bravo !

— Ça a dû lui donner des idées. Moi, je ne voyais pas pourquoi ils avaient fait tout ça, mais, en vous écoutant, j'ai compris. C'est bien trouvé, l'histoire des paris.

Hondo, Édito et Jo étaient fiers d'eux. Mais ils ne comprenaient pas tout dans cette histoire.

— Pourquoi avoir envoyé cette photo, avec cette phrase mystérieuse ?

— Madame Dora sentait qu'elle était surveillée par le motard. Avant d'agir, les autres voulaient savoir combien de personnes étaient au courant.

Logique ! pensèrent les garçons.

— Quand ils ont vu qu'on n'était que trois, hop ! ils nous ont enlevés. Moi, j'ai essayé de vous laisser des indices au bord du canal.

— C'est quoi, ce galet creusé ?

— J'en ai trouvé tout un tas près des ruines du terrain.. Ce devait être une sorte de gadget de l'époque qu'on donnait en cadeau…

— Comme les boules de neige !

Jo était fou de ces boules qu'on retourne et qui font neiger. Il en avait du monde entier.

— Qu'est-ce qu'ils voulaient faire de vous, après ?

— Moi, j'ai réussi à m'échapper de la roulotte, et je les ai entendus parler. Dès qu'ils auront trouvé la seizième salle, il vont tout « noyer avec du sable ». C'est comme ça qu'ils ont dit.

Hondo, Édito et Jo pensent à l'énorme cratère de sable qui entourait les ruines. Il suffirait d'une explosion pour qu'il ensevelisse tout.

— S'ils découvrent la seizième salle, nous aussi on va disparaître.

— Impossible !

Les garçons regardaient Faussette. Elle avait l'air sûre d'elle.

— Regardez !

Ils virent Faussette reprendre sa place sur la fresque. Du beau camouflage.

— Regardez bien !

Faussette ferma les yeux, et... pfft !... elle disparut. La roche avait pivoté sur elle-même. Sur l'autre face, il y avait juste le dessin d'une Faussette d'il y a neuf millions d'années bercée par trois bonshommes bleus.

— Faussette, reviens !

Les trois garçons avaient crié en même temps. Ce fut magique. Faussette revint avec toutes ses taches de rousseur.

— Vous avez vu !

Ça, pour avoir vu, ils avaient vu. Mais ils ne savaient pas très bien ce qu'ils avaient vu.

— La seizième salle est de l'autre côté.

— Tu y es entrée !

— Raconte !

— Qui va gagner la Coupe du monde ?

Faussette sourit avec un visage plein de taches de mystère. C'est comme ça, les taches de rousseur quand ça ne veut rien dire.

— Tout est là ! J'ai recopié la fresque entière... et même la seizième salle.

Faussette montrait son carnet de dessins dans la poche de sa robe-tablier.

— Montre !

— Fais-nous voir !

— Sois gentille !

Pas le temps pour Faussette de dire : « Non ! Non ! Non !... ce n'est pas la peine d'insister... » La grotte venait de s'emplir des aboiements des dobermans qui approchaient.

— Les chiens !

— Là, qu'est-ce qui se passe ?

Jo montrait le piton planté près du tas d'épluchures de mandarine. La corde rouge s'était tendue sur l'attache.

— C'est l'Araignée et l'homme à la lampe tempête. Ils remontent.

— On va être coincés entre les deux !

— Mais non ! Mais non !

Édito sortit de la poche n° 429 : des ustensiles tranchants, un joli canif de la même couleur que la corde... Rouge sur rouge, rien ne bouge !... Ce n'est pas vrai. Ça avait dû bouger en dessous quand la corde s'était coupée... On entendit un double aaaaah ! et un seul plonc ! quelques mètres plus bas... C'était réglé de ce côté-là. Mais de l'autre, ça se rapprochait. D'ici, on pouvait presque voir les crocs des chiens.

— On est fichus, c'est un cul-de-sac.

— Et si on prenait le même chemin que l'Araignée ?

— On a coupé la corde, et les autres nous attendent sûrement en bas.

Hondo, Édito et Jo se tournèrent vers Faussette. Elle lisait très bien ce qu'il y avait dans leurs yeux...

— Pas question de se cacher dans la seizième salle. Je vous connais, les garçons, vous allez tout raconter.

— Promis !

— On ne dira rien.

— C'est juré, on gardera les yeux fermés.

— Top là !

Jo aurait mieux fait de se taire. Faussette venait de les faire toper. Maintenant, il faudrait respecter sa parole. Mais vite ! On entendait les chiens souffler. Ils devaient tirer sur leur laisse. Ils rêvaient déjà de mollets dodus.

— Suivez-moi. Dès que la pierre commence à bouger, vous vous faufilez. Attention... Top !

Faussette se plaqua à la paroi. Elle épousa exactement la forme de l'empreinte. La pierre pivota. Jo, Édito et Hondo se glissèrent par l'ouverture. En frôlant Faussette, ils pensèrent au mot « épouser ».

Même les yeux fermés, les garçons sentaient qu'ils étaient dans l'obscurité. Donc on peut peut-être ouvrir un œil... Ne trichez pas !... Dommage. Dire qu'il y a tout autour d'eux. Est-ce que la France a gagné ? Ou alors une surprise énorme. La Jamaïque ! le Japon ! Il y aurait un énorme soleil rouge dessiné sur la fresque… On jette juste un petit œil… Non, vous avez promis !…

— C'est pas possible ! Où est-ce qu'ils sont passés, ces sales mômes ? Je t'avais dit de les liquider avant.

— Ils ont dû passer par là.

Le géant de cuir devait montrer la corde rouge. On reconnaissait sa voix qui résonnait dans son casque. Les chiens griffaient le rocher. Ils avaient dû les sentir. Hondo, Édito et Jo se serraient dans l'obscurité. L'odeur de mandarine était toute proche. Jamais ils n'avaient été aussi près de Faussette. Ça leur faisait même oublier les bestioles qui se jetaient sur la fresque en la griffant et en aboyant.

— Qu'est-ce qui se passe mes mignons ? Vous n'aimez pas le football ? Rassurez-vous, moi non plus.

Les chiens devaient trouver leur maître idiot. À quoi ça sert d'avoir du flair ?

— Patron, la corde a cassé !

— Quoi ! Appelle-moi ces deux abrutis.

Il y eut des ohé ! ohé !… sans réponse.

— Ça ne me plaît pas. Tu crois que ces deux minables essaieraient de nous doubler ?

— Ils sont peut-être de mèche avec les gosses, patron. J'ai trouvé ça louche comment la gamine a réussi à se sauver...

Dans l'obscurité, Faussette souriait. Eh, oui, il faut toujours se méfier des petites filles à taches de rousseur... Les garçons notaient dans leur tête... « doubler » et « être de mèche ».

— Pareil patron : comment ils ont pu arriver jusque-là, ces satanés gamins ?

— Tu as raison. C'est pas clair. On abandonne ces deux minables. On passe prendre la voiture et on va à la baraque s'occuper des pipelettes. Après, on rejoint le boulevard circulaire sous le stade, par notre petite sortie personnelle.

— Et les gamins ?

— Quand ils seront sous cinq mètres de sable, on n'aura plus à s'inquiéter d'eux. Ça adore le sable, les gosses.

Le patron et le géant de cuir rigolaient comme un toboggan. Faussette, Hondo, Édito et Jo sentaient bien que ce n'était pas si drôle, cette histoire de sable.

— Allez, les mignons, on rentre.

Ils entendirent les chiens s'éloigner. C'était toujours ça de pris.

— Qu'est-ce qu'on fait maintenant ?

— Il faut aller délivrer madame Dora et ta maman.

— C'est quoi, cette histoire de sable ?

— J'en ai entendu parler quand j'étais encore dans la baraque de chantier. Ils veulent faire sauter le grand cratère pour que le sable recouvre tout et qu'il ne reste plus de trace.

— Quoi ! Ils veulent faire disparaître les ruines du stade !

— Les grottes et la fresque !

— C'est un crime ! Le site devrait être inscrit au patrimoine universel de l'Unesco. Édito avait fait un grand exposé sur le sujet. Première chose : il faut sortir de là.

Crumb ! La pierre tourne. Ils sautent de la fresque et se mettent à courir.

— Par là, ce sera plus court.

On avait l'impression que Faussette avait passé toute son enfance sous terre. Pas mal, le raccourci. Ils arrivèrent à la baraque de chantier avant le patron et le géant de cuir… Chlac ! Chlac !… Libération des otages avec le canif de la poche n° 429. Un exploit pareil, ça aurait mérité la télévision au journal de 20 heures. Ce qui les attendait à l'extérieur aussi aurait mérité une retransmission en direct… Flash spécial : *Le géant de cuir, le patron et les trois doberman coupent la retraite des fugitifs.*

Il n'y avait plus qu'à se barricader à l'intérieur. Ça tombait bien, on les aidait de l'extérieur. Ils entendirent glisser la barre qui verrouillait la porte d'entrée et la voix rigolarde du patron.

— Adieu ! Adieu ! Quel dommage, vous ne saurez jamais le résultat de la Coupe du monde. On vous retrouvera peut-être dans quelques millions d'années quand on fera des fouilles sous les ruines du Stade de France. Dans une minute vous allez devenir des vestiges du XXe siècle.

Le patron aurait pu dire 60 secondes. Ça aurait donné l'impression d'avoir plus de temps. Ils entendirent claquer les portières de la limousine. Elle démarra.

— Ils n'iront pas loin.

On n'avait pas le temps de décrypter les énigmes d'Édito. Il ne restait plus que 55 secondes !

— Il faut sortir de là !

Porte condamnée, fenêtre à barreaux, vasistas trop étroit. Tout le monde cherchait une solution... Plus que 47 secondes... Édito usait le contenu de toutes ses poches... Plus que 33 secondes... Même Jo n'était pas arrivé à se perdre... 25 secondes... On en était à attaquer le mur de la baraque avec le pied du guéridon. La laine de verre volait dans la pièce... 10 secondes... Le temps d'un 100 mètres, la fin d'un compte à rebours à Kourou... Faussette dessinait des secondes pastel pour essayer de les ralentir... Trop tard!... C'est l'énorme grondement qui annonça que la minute s'était envolée. La baraque se mit à trembler. Du 8 sur l'échelle de Richter. La télévision dégringola de son perchoir, chacun fut projeté dans l'espace. C'était les autotamponneuses.

— Regardez!

Par la fenêtre, ils la virent. Une monstrueuse vague de sable qui fonçait entre les piliers de béton. Un raz de marée. Ils n'eurent pas le temps de s'accrocher. La masse percuta la baraque en la vrillant comme une canette de soda. Ils se sentirent emportés, versés cul par-dessus tête. Ce n'était pas le moment de noter une expression. Le vacarme remplissait toute la tête. Neuf millions d'années! Ça va faire long avant de ressortir!

Et il y eut un choc monstrueux. Ils ne le surent jamais, mais la baraque avait percuté le pilier Nord entrées N-L-R et explosé sous le choc. Madame Dora, la maman de

Faussette, Faussette, Hondo, Édito et Jo furent projetés à l'extérieur. Ils se retrouvèrent emportés par la vague de sable

— Mon carnet !

Faussette criait. Son carnet de dessins lui avait été arraché. Il surfait comme une petite planche bleue sur le rouleau de la vague. Hondo essaya de nager vers lui, mais il disparut. Englouti. Personne ne saurait jamais ce qu'il y avait dans la seizième salle !

— La limousine !

Jo voyait juste. Droit devant eux, la limousine blanche était immobilisée, le capot levé, le géant penché sur le moteur, le patron et ses chiens au chaud à l'intérieur. Édito avait raison, ils n'iraient pas loin. Il faut dire qu'avec un collier d'arrivée d'essence dévissé... Poche 789 : tournevis plat, cruciforme et d'électricien...

La vague balaya la Cadillac Séville modèle 82 comme un jouet. On eut l'impression que la limousine gobait le géant de cuir tout cru et que le sable avalait le tout. Il n'y eut pas un cri.

Comme un monstre qui aurait soudain trop mangé, l'énorme vague de sable eut un dernier hoquet, elle roula encore, faiblit puis retomba sur elle-même. Le flot apaisé conduisit jusqu'aux barreaux métalliques qui menaient à la cave de madame Dora. Là-haut, le tas de charbon de derrière les fagots les attendait.

Quand ils se retournèrent, ils furent sidérés. Le sable avait empli tout l'espace sous le stade. À côté d'eux, la pointe de l'antenne de la limousine dépassait. C'était fini ! Plus de ruines, plus de grotte, plus de fresque et plus de seizième salle. Hondo, Édito et Jo se dirent que ce n'était pas la peine de raconter cette histoire. Personne ne les croirait, et toutes les preuves avaient disparu.

— Je l'ai ! Je l'ai !

Faussette brandissait son carnet de dessins qu'elle venait de remonter de sous le sable comme un pêcheur de perles.

Formidable ! Ils allaient pouvoir savoir avant tout le monde qui gagnerait la Coupe du monde 1998 en France. Mais, est-ce qu'ils en avaient vraiment envie ? Et vous, est-ce que vous en auriez envie ?

Pour Hondo, Édito et Jo, la réponse était dans leurs yeux et... dans les taches de rousseur de Faussette.

Épilogue

12 juillet 1998, c'est la finale de la Coupe du monde de football au Stade de France. 80 000 spectateurs, 2 000 journalistes, 45 chaînes de 23 pays, 35 radios, 1 milliard de téléspectateurs attendent l'entrée sur le terrain des deux équipes finalistes.

Tribune Z, rang 2, places 19, 20, 21, et 22, quatre paires d'yeux écarquillés fixent l'entrée du tunnel qui mène aux vestiaires. Hondo, Édito, Jo et Faussette se sentent minuscules parmi cette foule. Tout à coup, les travées grondent, les gradins tremblent. Jo frémit. Il le savait bien, que ce stade n'était qu'une gigantesque soucoupe volante. Il leur avait bien dit. Ils n'avaient pas voulu croire qu'elle n'avait été posée là que pour capturer le meilleur du football et l'emporter vers une autre planète. Même pas ronde, sans canal, ni terrain vague pour réunir le club des Ruines. Les énormes moteurs souterrains venaient de se mettre en marche. Tout ça n'était donc qu'un piège depuis le début. Le stade va décoller. C'est le moment de te perdre, Jo. C'est le moment de te perdre avec tes amis.

L'énorme grondement enfle et se jette sur eux comme une lame de fond. Jo ferme les yeux. Adieu la terre. Adieu la boulangerie de la rue de Crimée. Quelle langue est-ce qu'ils parlent, là-bas?

— Pourquoi tu n'as pas fait la ola?

Hondo, Édito et Faussette le regardent, l'air étonné. Ce n'était que ça. La ola de tout un stade. Un vrai. Un qui ne s'envolera peut-être pas. Jo n'a pas le temps d'expliquer à ses amis. Les deux équipes finalistes viennent d'entrer sur le terrain.

Hondo, Édito et Jo regardent Faussette. Elle sourit étrangement. Quelqu'un qui saurait lire dans les taches de rousseur devinerait que Faussette vient de voir la fresque de la seizième salle se mettre tout à coup

à bouger.

Mais qui sait lire dans les taches de rousseur ?

Vous ?

Chut !...

N'oubliez pas votre promesse du début....

Table des matières

1. Faussette a disparu 9
2. Le géant 21
3. Le club des Ruines 31
4. Le menu 45
5. La photographie 53
6. Le stade 59
7. Derrière les fagots 69
8. Les ruines 89
9. La fresque 95
Épilogue 121

Castor Poche, des livres pour toutes les envies de lire : pour ceux qui aiment frissonner, les romans policiers, résoudre des énigmes, voici une sélection de romans palpitants.

597 **David a du flair** **Junior**

par Jean-Hugues Oppel

Chiroux, le chien de la famille Montembert, a disparu. David ne croit pas à une fugue ou à un accident, il est persuadé que son chien a été enlevé pour servir de cobaye. Avec sa sœur Nathalie et leurs copains, il décide de mener l'enquête du côté des laboratoires Fronaz

596 **Sans nouvelles de la montagne** **Senior**

par Ramon Royal Ross

Harper et Moon passent une semaine inoubliable de vacances chez Olinger, vieil homme bourru et chaleureux au cœur de la forêt. Mais Moon, fantasque et imprévisible, disparaît avec la fin de l'été. Et lorsque Olinger est retrouvé mort, tout accuse Moon. Pourtant Harper refuse d'admettre la culpabilité de son ami…

593 **Les assassins du cercle rouge** **Senior**

par Jean-Paul Nozière

Le meurtre d'un voisin va donner à Charlotte et à Simon l'occasion d'éprouver leur talent de détective. Ils se retrouvent en possession de documents datant de la Seconde Guerre mondiale. Documents convoités par une bande de nostalgiques de l'époque nazie. Le jeu tourne alors au cauchemar, et une période que Charlotte et Simon croyaient à jamais enfouie dans leur livre d'histoire ressurgit brutalement, sinistre mais bien vivante.

591 **Sam s'en mêle** **Junior**

par Linda Stewart

Sam est appelé par la divine Antoinette pour retrouver Sandy, le chat star kidnappé. Sous le charme de la belle actrice, Sam se lance sur les traces de Sandy ; son enquête le mène tout droit dans les coulisses des studios Chandelier. Mais la partie n'est pas gagnée, les ennemis sont coriaces…

587 **L'inconnu dans le frigo** **Junior**

par Michel Grimaud

David, poursuivi par des trafiquants, se cache dans un frigo abandonné dans une décharge. Quelle n'est pas la surprise de Jenny et Désiré, brocanteurs, lorsqu'ils découvrent un inconnu dans le frigo qu'ils ont récupéré ! David est blessé ; le coup qu'il a reçu sur la tête lui a fait perdre la mémoire. Mais les trafiquants ont retrouvé sa trace et deviennent menaçants…

586 **Intrigue au palais** **Senior**

par Jose Luis Velasco

Pourquoi Rodrigo a-t-il tué l'eunuque favori du calife ? Tout l'accuse, et pourtant Rodrigo nie ; le sage Hantal, avec l'aide de son fils Fernando, comprend que la vérité n'est pas si simple. Le palais du calife est le siège de bien des intrigues…

582 **Le lutteur de sumo** **Junior**

par Daniel Picouly

Hondo s'inquiète pour son amie Musique. Muette, elle ne mange plus et se traîne comme une somnambule. Prostrée dans son fauteuil, elle serre contre son cœur une photo. En démêlant les fils du passé de Musique, Hondo et ses amis du club des ruines découvrent une histoire d'amour pas comme les autres.

577 **Course-poursuite à l'italienne** **Senior**

par Dominique Buisset

Olivier, en voyage scolaire à Rome, rencontre une belle italienne, Anna-Luisa, qui lui tourne le cœur et la tête. Pour lui plaire, Olivier vole un blouson de cuir dans un magasin. Poursuivi, il est aidé dans sa fuite par deux individus louches. Leur générosité n'est pas gratuite et Olivier se retrouve entre les griffes de trafiquants d'art internationaux.

Cet
ouvrage,
le six cent quarante troisième
de la collection
CASTOR POCHE,
a été achevé d'imprimer
sur les presses de l'imprimerie
Maury Eurolivres
Manchecourt - France
en avril 1998

Cet ouvrage a été composé
par les éditions Flammarion

Dépôt légal : mai 1998.
N° d'édition : 4382. Imprimé en France.
ISBN : 2-08-164382-0
ISSN : 0763-4544
Loi n° 49-956 du 16 juillet 1949
sur les publications destinées à la jeunesse